NADIE PODRÁ OCULTARSE

Reuben Cole Westerns Libro No. 4

STUART G. YATES

Traducido por
JOSÉ GREGORIO VÁSQUEZ SALAZAR

Para Janice,
Esperando que disfrutes de este libro tanto como de los otros.

CAPÍTULO UNO

Catherine "Cathy" Courtauld vivía al otro lado del río en una pequeña cabaña de troncos que su esposo Jude construyó antes de morir de escarlatina en el verano de 1870. Algunas personas de la cercana ciudad de Belén creían que había recogido algo terrible de uno de los muchos burdeles que se sabía frecuentaba, pero Cathy hizo todo lo posible por no escuchar chismes tan espurios e hirientes. La gente estaba celosa de lo que ella y su esposo habían logrado en tan poco tiempo, y cuando la gente está celosa, se deja mover la lengua. Así era como ella lo veía, y no había sucedido mucho desde entonces para convencerla de lo contrario. Jude era un buen hombre y lo extrañaba. Bueno, "bueno" en el sentido de que él proveía. Ella no estaba tan segura de todo lo demás.

Una mujer esbelta y sorprendentemente hermosa, trabajaba incansablemente para mantener en buenas condiciones el mini fundo familiar, algo en lo que destacaba. Sin embargo, la soledad le carcomía los huesos. La tierra era intransigente, el suelo duro, el clima carecía de lluvia. Ella anhelaba un compañero para compartir sus cargas.

A última hora de la tarde escuchó el estallido de los disparos, estaba de rodillas, escarbando el cultivo de raíces. Se detuvo con los sentidos alerta. Con cautela, levantó la cabeza y entrecerró los ojos hacia la lejana línea de árboles. En una dirección, el río formaba una barrera natural para su tierra, en otra un grupo de árboles, en otra había helechos y arbustos intercalados. Era de algún lugar dentro de esta área que llegaron los disparos.

Durante un buen rato, pensó en volver corriendo a su cabaña para buscar la carabina Henry que siempre llevaba en su pequeño coche. No se había disparado desde que Jude estaba vivo y no tenía idea de dónde se guardaban los cartuchos adicionales. Así que se puso en cuclillas, esperó y rezó para que quienquiera que fuera no se acercara adonde ella se encontraba.

Pero lo hicieron.

Cuatro hombres montando yeguas de aspecto peludo, sus rostros ensombrecidos por las alas de sus sombreros polvorientos. Cathy se aplastó, apoyando la mejilla contra la tierra. Quizás si ella permanecía mortalmente quieta, no la notarían.

Ahora estaban cerca, conduciendo sus monturas por el campo de cultivo de raíces. Ella pronunció una pequeña oración de agradecimiento por eso.

"Deberíamos ir a ver quién está ahí".

"Podría ser que escucharon los disparos".

"Podría ser que nos hayan visto".

Estas tres declaraciones vinieron de tres voces claramente diferentes, una claramente mexicana, una vieja y áspera, la tercera mucho más joven, un matiz de miedo en el borde de sus palabras. La cuarta, cuando habló, era de su líder obvio. Un hombre bien acostumbrado a dar órdenes, a que otros hicieran lo que él les pidiese. "Si hubieran escuchado, los veríamos correr, y los mataría antes de que abrieran sus bocas para decir cualquier estupidez".

"Entonces, ¿quién vive aquí, Jonás?"

"No lo sé y no me importa. Quizás estén en la

ciudad recogiendo suministros. No veo ninguna carreta".

Eso era cierto. Cathy poseía una pequeña carreta, pero estaba guardada en el granero. Cuando la necesitaba, llegaba a la ciudad remolcada por su potrillo, el Faraón. El Faraón había arrojado una herradura unos días antes, y el herrero debía llegar en cualquier momento. Ella se refugió en el pequeño establo, junto con su burro amigo. Estar fuera de la vista resultó ser otra razón para agradecer a Dios.

Los jinetes siguieron adelante, el ruido de los cascos se desvaneció gradualmente hasta que, con los oídos esforzándose por escuchar, Cathy captó el sonido del agua salpicando. Cruzaban el río y se alejaban de su casa.

Dejó escapar un largo suspiro, rodó sobre su espalda y se acomodó antes de ponerse de pie. Ella echó un vistazo a su alrededor. Satisfecha de que nadie se quedaba atrás, echó a correr. Sin embargo, no hacia la casa. Se dirigió hacia donde vinieron los disparos.

En una hondonada entre los árboles donde el duro calor del sol no podía penetrar, lo encontró.

Le habían disparado. Dos veces. Una bala en el hombro izquierdo, otra en el pecho. Parecía muerto, la palidez de su carne se había vuelto cérea, sin color. Era joven, había sido guapo, de rostro terso. Le habían quitado la pistola, el sombrero, las botas, dejándolo desangrarse solo en este triste y lúgubre lugar. Fue la sangre lo que la hizo detenerse y mirar más de cerca.

Los muertos no sangran.

Rápidamente, se puso en cuclillas y le palpó el pulso en el cuello. Un pequeño jadeo escapó de su garganta.

Estaba vivo.

Ella vendó sus heridas lo mejor que pudo, sacando agua de su pozo, lavándole lo peor antes de envolverlo con los vendajes arrancados de las sábanas que acababa de comprar en la tienda de mercancías de la ciudad. Él gimió varias veces y ella supo que era una buena señal. Cuando ella le puso agua en los labios, tosió y el corazón le dio un vuelco.

Volvió corriendo a la parcela y fue a buscar a Brandy, el burro. A Faraón no le gustó eso, pero Cathy ignoró a su caballo y llevó al burro a los árboles. Allí fabricó una especie de trineo con árboles caídos, ensartándolos de la forma en que Jude le había enseñado a hacer cercas de cañas. Tardó mucho en luchar y colocar al herido en el trineo. Su obstinada determinación la ayudó a superarlo, a pesar de su peso. Se detuvo varias veces para secarse el sudor de la frente, pero al poco tiempo lo colocó en el trineo y, satisfecha, condujo a Brandy de regreso a la cabaña.

Esa noche ella lo acostó junto al fuego cuando llegó la fiebre, la bala en su pecho era la peor de las dos. Le bañó la frente y lo miró mientras se retorcía en el suelo de la cabaña. Ella pensó que él moriría y temía la idea de tener que cavar una tumba lo suficientemente profunda como para disuadir a los coyotes. La dura tierra apenas cubriría su cuerpo. Pero no murió, y la mañana siguiente lo encontró respirando, con una infección repiqueteando en su pecho. Le lavó el sudor de la frente, le cambió las vendas que cubrían sus heridas y se aseguró de que el fuego estuviera bien surtido.

Ella lo cuidó un día más antes de aceptar lo inevitable: tendría que extraer las balas si él estaba para sobrevivir.

El hombre entraba y salía de la conciencia, momentos lúcidos pocos y distantes entre sí. Consiguió rodarlo sobre un viejo lienzo, afiló uno de sus cuchillos de cocina, contuvo la respiración y se ocupó de la menor de las dos heridas.

Resultó una bendición que el hombre estuviera inconsciente la mayor parte del tiempo.

El plomo, cuando salió, parecía sorprendentemente

pequeño. Lo estudió durante mucho tiempo, maravillándose de cómo algo tan insignificante podía causar tanta angustia.

Prepararse para la segunda herida resultó ser una tarea mucho más laboriosa, estresante y difícil. Estaba en lo profundo, lo que la obligó a usar un cuchillo diferente con una hoja más delgada. En un momento dado, arqueó la espalda y gritó, abriendo los ojos de golpe, salvaje y asustado. Trató de sentarse, pero ella lo empujó hacia abajo, le puso un paño húmedo sobre la frente, esperó hasta que el espasmo disminuyó y luego se puso a trabajar una vez más.

Se necesitaron unos veinte minutos para extraer la bala, aunque el tiempo le pareció mucho más largo. Estaba exhausta cuando logró liberarla.

La sangre latía libremente, pero eso tenía que ser una buena señal, y ella apretó la herida como los Kiowas le habían enseñado todos esos años antes, limpiando la herida con un poco de whisky de Jude antes de hacer una cataplasma con pan rancio humedecido y algunas hierbas.

Para su asombro, a medida que avanzaba la noche, su respiración se hizo más liviana, la transpiración disminuyó y su gemido casi constante disminuyó hasta que, finalmente, cesó. Durmió profundamente. Al día siguiente, se sentó con el rostro seco y los ojos enfocados. Ella lo estudió desde el rincón más alejado donde estaba, la vieja Spencer en sus manos. ¿Quién podría adivinar lo que este hombre, ahora recuperado, podría intentar hacer?

Sus labios, cuando habló, temblaron levemente, su voz sonó estridente, la garganta seca. "Me vendría bien un poco de agua, señora, si pudiera ser tan amable".

Sin dudarlo, se volvió hacia donde había una calabaza de piel de cabra en la mesa desvencijada junto a la bomba de agua. La colocó en el suelo al alcance de su brazo. Ni por un solo momento sus ojos dejaron los de él mientras cuidadosamente retrocedía.

Asintió en agradecimiento, se llevó la calabaza a los labios y bebió a intervalos, tosiendo roncamente cuando el agua golpeó su boca reseca.

"Tómela con calma", dijo Cathy en voz baja.

Algo pasó por sus ojos mientras tragaba un poco más. Una mirada de gratitud, tan abrumadora que las lágrimas asomaron a sus ojos y se derramaron por sus mejillas. Apartó la mirada, avergonzado por esta demostración de emoción. "Estoy muy agradecido por lo que ha hecho, señora". Se derrumbó y sollozó incontrolablemente, con la cabeza apoyada en el pecho y los hombros agitados por el poder de sus efusiones.

Cathy miró, sin habla, con dos pensamientos sobre qué hacer. Podría ser una estratagema, por supuesto, atraerla hacia él, bajar la guardia para que él pudiera abalanzarse sobre ella, dominarla y... ¿Y luego qué? Sólo podía especular. Pero algo en la crudeza de sus lágrimas le hizo pensar que no se trataba de una artimaña. Esto era genuino, el puro alivio de estar vivo lo hizo reaccionar de una manera tan abierta y sincera.

"Lo siento", dijo mientras las lágrimas amainaban por fin. Se secó los ojos con el dorso de la mano. Sacando un trozo de tela blanca de su manga, ella se acercó a él y empujó el pañuelo improvisado en su mano. Se secó la cara mojada y sonrió agradeciendo.

Cathy se apartó de nuevo y lo estudió, la forma en que su cabello oscuro caía sobre el ojo izquierdo, la boca llena y casi femenina, las mejillas suaves y la mandíbula fuerte aún no salpicada con la sombra del crecimiento de una barba. ¿Qué edad podría tener? ¿Dieciocho? ¿Veinte quizás? Y aquí estaba él, en su casa, recuperándose de las balas que deberían haberlo matado. ¿Quién era él y qué había obligado a esos otros a atacarlo con tanta crueldad?

Él captó su mirada y sus mejillas se enrojecieron levemente. "Tan pronto como pueda, estaré en camino, señora. No deseo imponer su hospitalidad más de lo necesario".

"No estás imponiendo nada", dijo, con una leve sonrisa jugando en su boca. "Fui yo quien te trajo. Y, además, no puedes ir, no hasta que tengas unas botas nuevas".

Se rió, el alivio palpable. "Ah, sí. Supongo que se las llevaron". Una oscuridad repentina se apoderó de sus rasgos. Sus ojos sostuvieron los de ella. "¿Vio a los hombres que me hicieron esto?"

"No. Solo los escuché mientras pasaban".

"¿Pero ellos no la vieron?"

Ella frunció el ceño ante el pánico en su voz. "No. No se preocupe por eso. Estaba en el suelo, bien escondida".

Sus hombros se relajaron visiblemente y se recostó en la cama. "Gracias".

"¿Quiénes eran? ¿Por qué le dispararon y lo dejaron para que muriera de esa manera?"

Sabía que era demasiado pronto para hacer preguntas tan penetrantes. Ella todavía tenía que ganarse su confianza y, de hecho, que él ganara la de ella. Ella contuvo la respiración, incapaz de retractarse de sus palabras, preguntándose si él lo revelaría todo o se volvería tímido.

"Tuvimos una pelea", dijo simplemente, su voz cada vez más distante. "Lo siento, señora. Estoy cansado. Y necesito... Ya sabe... Necesito..."

"¡Sí!" soltó ella, comprendiendo de inmediato lo que quería decir. "Hay una letrina en la parte trasera. ¿Está seguro de que puede caminar?"

"Si guardara esa carabina, podría ayudarme. ¿Al menos a la puerta del retrete?" Se sentó, riendo, y el sonido cortó la tensión que se había asentado entre ellos.

"Ya veremos", dijo, apoyó la carabina contra la pared y se echó hacia atrás su chaqueta de punto raída para revelar la Colt Navy metida en la cintura de la falda. "De mi esposo. Me enseñó a disparar y me dijo que la necesitaría si alguna vez él estaba de viaje de negocios y yo me quedaba sola".

"¿Está ahora fuera por negocios?"

"Más o menos". Ella dio un paso hacia él. "Vamos a hacer que se sienta un poco más cómodo". Ella sonrió y extendió la mano. Lo tomó después de un momento de vacilación y salió de debajo de las sábanas.

CAPÍTULO DOS

"Voy a jurar en una pandilla y los atropellaré antes de la puesta del sol". Roose introdujo cartuchos nuevos en el Henry. Respiraba con dificultad, su ira era evidente todos.

La gente comenzó a reunirse alrededor, mirando los cuerpos, murmurando entre ellos, comentando lo horrible que era todo, cómo un día tan hermoso pudo terminar en una estela de muerte.

"Necesitamos sacar estos cuerpos de la calle e ir primero a revisar el banco", dijo Cole. "Pongan afuera a dos hombres armados mientras nosotros entramos".

Al señalar a dos hombres jóvenes, ambos con pistolas atadas a la cintura, Roose señaló el banco. "Si sale cualquiera distinto de nosotros, tú les disparas".

Consternados, los dos jóvenes intercambiaron miradas nerviosas. Cole se rió entre dientes: "No se preocupen, muchachos, dudo mucho que quede algún desesperado dentro".

"Aun así", murmuró Roose.

"Aun así, hagan lo que puedan". Haciéndoles un guiño, Cole avanzó poco a poco, alerta, con la carabina lista. Roose pasó rápidamente, golpeándose contra la pared adyacente a la entrada. Apoyó con cuidado al

Henry a su lado y sacó su Colt de Caballería. Asintiendo con la cabeza a Cole, montó el percutor.

Cole entró y barrió la habitación con su Winchester. Los tres cajeros que estaban detrás del mostrador tenían los brazos estirados hacia arriba con tanta tensión que parecía que les dolía. Cole se llevó un dedo a los labios, haciendo un gesto con el Winchester para que bajaran las manos. Examinó el resto de la habitación y, satisfecho, dejó su carabina y sacó su revólver. Uno de los cajeros subió lentamente la escotilla para permitirle deslizarse detrás del mostrador. Cole fue a la oficina del gerente del banco.

La puerta estaba entreabierta y, usando el pie, la abrió, con el arma lista.

Había billetes por todo el suelo, muchos de ellos salpicados de sangre fresca. Contra la pared del fondo, un hombre, claramente muerto con los ojos abiertos mirando al vacío, una mirada de abyecto desconcierto grabada en su rostro helado.

Un rastro de más sangre conducía a la entrada trasera, generalmente fuertemente atornillada con dos gruesas barras de hierro que brindaban mayor seguridad. Todo estaba colgando abierto, las cerraduras liberadas por una de las llaves de un manojo tirado al suelo.

"Usó mis llaves", explicó un hombre bien vestido y mal golpeado, desplomado en un rincón, con la boca tan hinchada que apenas se reconocían las palabras.

Apoyándose en una rodilla, Cole miró por la rendija entre la puerta y el atasco.

"El otro le disparó".

Cole arqueó una ceja y le dio una mirada inquisitiva.

"Muchacho joven, muy alto. Les disparó a los dos. Querían matarme, pero él los detuvo". Trató de sentarse erguido, pero falló y, dejando escapar un largo gemido de dolor, volvió a desplomarse. "Él me salvó la vida".

"Pero solo hirió al que se escapó".

"Sí. Quizás esperaba que usted lo arrestara y lo metiera en la cárcel".

"¿Por qué hacer eso cuando existe la posibilidad de que nos cuente todo lo que sabe sobre la pandilla: su escondite, quiénes son, adónde planean ir?"

"¿Quién sabe? Señor Cole, ¿podría llamar a un médico? No estoy seguro de cuánto más de este dolor puedo soportar".

Devolviendo su Colt a su funda, Cole se puso de pie y se dirigió afuera, recogiendo su carabina antes de hacer un gesto a los cajeros para que lo siguieran de cerca.

"¿Averiguaste algo?" preguntó Roose, visiblemente relajado cuando Cole se acercó a él.

"Un muerto, baleado por uno de los suyos según el gerente del banco, que por cierto necesita un médico. El otro al que disparó, logró escapar. Estará cabalgando a toda prisa para encontrarse con el resto de ellos". Saludó con la cabeza a los dos jóvenes aspirantes a pistoleros. "Gracias, muchachos, no los necesitaremos hoy".

Pareciendo aliviados, se escabulleron y se dirigieron hacia el Saloon más cercano.

Roose los vio alejarse y luego dijo: "¿Sabemos cuál fue el que disparó?"

Cole examinó los numerosos cuerpos esparcidos por la calle. "Podría ser cualquiera de ellos. El único testigo que tenemos, el gerente, no podrá confirmar nada hasta que el médico lo haya revisado".

"Si es uno de los que se escapó, habrá un ajuste de cuentas". Roose se rió entre dientes. "Incluso podrían hacer el trabajo por nosotros".

"No te ilusiones mucho, Sterling. Tendrás que cazarlos y traerlos, entonces podremos llegar al fondo de este maldito fiasco".

"¿No vienes?"

"Sterling, he cumplido con mi deber del día", suspiró. "Se supone que estoy retirado, ¿recuerdas?"

"Eres demasiado joven para jubilarte; además, te necesito".

"No, no me necesitas, Sterling. Puedes llamar a Búho Marrón, el Arapaho. Es el mejor rastreador que existe".

"Excepto que él no lo es, el mejor eres tú".

"Eso es muy amable de tu parte, viejo zorrillo", sonrió, "pero tengo que volver a la casa de papá. No está demasiado bien. No estoy seguro de que vaya a estar mucho más tiempo".

Sumido en sus pensamientos, Roose se apartó un momento. Los cuerpos ya estaban cubiertos con sudarios blancos. Varios hombres corpulentos los levantaron y los apilaron en la parte trasera de un vagón de plataforma, destinado a los enterradores.

"Está bien, Cole, si es así".

"Estás en buenas manos con Búho Marrón. Es un buen amigo, confiable y honesto. Lo conozco desde que tengo uso de razón, así que no me preocupo por ponerte en sus buenas manos".

"Sí, pero te echaré de menos, Cole".

"Ahora, no te pongas sensible conmigo, Sterling. ¿Qué tan difícil puede ser rastrear a un grupo tan incompetente como este?"

"No mucho".

"Bueno, ahí lo tienes. Te veré de vuelta aquí en menos de dos días. Créeme".

"Espero que tengas razón", dijo Roose y se alejó, llamando a varios hombres que estaban cerca.

Cole vio a su viejo amigo jurar a los hombres como alguaciles y no pudo evitar que un escalofrío lo recorriera, su sensación de presentimiento crecía a cada segundo. No podía entender por qué, pero tal vez nada de esto iba a ser tan sencillo como había dicho.

CAPÍTULO TRES

El viejo lugar se sintió helado cuando entró y se sacudió el polvo de las botas. Colgó la chaqueta en el perchero del pasillo, se dirigió al pie de las escaleras y miró hacia arriba. "¿Papá? Pa, ¿estás despierto? Tengo noticias para ti. De la ciudad". Comenzó a subir y luego se detuvo cuando Marta, la mexicana leal ama de llaves de su padre, apareció de la cocina trasera, con el rostro arrugado por la angustia.

"Oh, señor Reuben", dijo ella, con las palabras entrelazadas con lágrimas, "es el señor Martín, no está comiendo y parece tan débil. Quería llamar al médico, pero estaba demasiado asustada para dejarlo". Ella se derrumbó y Cole se acercó a ella, abrazándola con fuerza. Presionando su rostro contra su pecho, ella sollozó incontrolablemente.

Esperando el momento adecuado antes de soltarla, Cole respiró hondo. "Está bien, Marta, iré con él ahora. Ve a casa del Doc y dile que venga tan pronto como pueda".

Se escabulló, retorciéndose las manos, murmurando un español incoherente en voz baja. Tomándose su tiempo, temiendo lo que encontraría, Cole subió las escaleras.

La habitación de su padre estaba envuelta en la oscuridad, las pesadas cortinas bloqueaban toda la luz disponible. Una pequeña lámpara de aceite parpadeaba patéticamente en el rincón más alejado, y el aire estaba cargado de olor a enfermedad. El único sonido era el horrible y seco silbido de la respiración dificultosa de su padre.

Hasta hace un año, la salud de su padre había sido sólida. A menudo, lo encontraban en los confines de su rancho, revisando las cercas, guiando al ganado errante de regreso a la manada principal, una manada que debía venderse en solo unas pocas semanas. Regresaba a la casa, lleno de vitalidad, sonriendo como un mono, feliz de estar vivo.

Después de mudarse, Cole se maravilló de lo vivaz que era su padre. "La noticia es que no eres tan bueno, papá", había dicho en esa primera reunión. Su padre simplemente se rió por una respuesta.

Ya no. Desde entonces, la salud de su padre se había deteriorado hasta que apenas, hace dos semanas, se había ido a la cama y aún no se había movido, salvo por una visita ocasional al baño.

"Soy viejo, Reuben", dijo el otro día. "Soy viejo y me *siento* viejo".

Allí, parado a los pies de la gran cama, entrecerrando los ojos en la oscuridad, Cole estudió a su padre y luchó por recordar momentos del pasado. Buenos momentos, recuerdos, eventos compartidos, pero nada se formularía en su mente. Todo lo que podía imaginar era el montón de mantas y la subida y bajada irregular del pecho de su padre.

Este no era el hombre que conocía. El hombre que conocía ya se había ido. Como para confirmar esta idea, un gemido bajo y dolorido escapó de los labios de su padre. Se calmó y Cole se acercó.

Espasmódicamente, su padre pateaba bajo las mantas, como si luchara contra algún enemigo invisible, o en un intento frenético por liberarse de las mantas.

Cole no sabía lo que podía ser, solo que su padre estaba sufriendo y no había nada que pudiera hacer.

Cuando llegó la llamada de Sterling dos días antes, Cole se había ido sin decir una palabra, sin pensar ni un segundo en lo que podría encontrar a su regreso. Sí, su padre era viejo y estaba cansado, todo arruinado como el mismo hombre podría haber dicho, pero Cole nunca pensó que volvería a casa con esto. Un deterioro tan grave y repentino lo dejó sin palabras e incapaz de saber qué hacer. Siempre había asumido, quizás estúpidamente, que las cosas seguirían como siempre. Que pronto, su viejo padre se recuperaría y la vida volvería a su habitual y aburrida rutina. La normalidad.

La comprensión de que esos días habían llegado a su fin lo dejó insensible.

Sentado a los pies de la cama, permaneció allí hasta que Marta regresó con el doctor Henson. Ella podría haber estado fuera durante una hora o medio día, no podía decirlo. Como sombras vagas, revoloteaban a su alrededor, y él salió como en un sueño y se sentó en el porche, lio un cigarrillo y esperó.

Fueron los gritos ahogados de Marta los que lo devolvieron a la realidad. Se levantó y volvió a entrar. Doc Henson se quedó allí, sombrío y serio. "Lo siento, Reuben, hice todo lo que pude, pero..."

Apoyó una mano en el hombro de Reuben. Cole se encogió de hombros y dijo: "Gracias de todos modos. Sabía que estaba enfermo, pero nunca me percaté lo mal que realmente estaba".

"Nadie lo sabía, excepto quizás él. Supongo que era una especie de enfermedad en su cerebro. Quizás un cáncer, o algo relacionado con sus arterias".

"¿Sus qué?"

"Vasos sanguíneos. Eso explicaría su olvido últimamente, su deambular por la casa. Marta me mantuvo informado cuando no estabas. Ha sido un declive gradual pero implacable, Reuben, pero, como digo, nadie lo sabía. A menudo estaba lúcido, y durante esos momentos, era el mismo de siempre. Al menos, ahora está en paz".

Cole lo miró fijamente, la culpa lo abrumaba. Debería haber estado aquí más a menudo, pasar más tiempo con su padre, saborear cada momento precioso. Ahora nunca lo haría. La vida, como siempre, había pasado otra página.

"Me ocuparé de todos los arreglos, Reuben, para que no tengas que preocuparte. Estará en la parcela familiar, supongo, ¿ahí arriba con tu mamá?"

Cole gruñó, estrechó la mano del médico y lo vio alejarse.

Fue solo cuando se había puesto el sol que regresó a la casa.

CAPÍTULO CUATRO

De pie en el entablado justo afuera de la entrada de su tienda de productos secos, Larry Grimes, con el rostro levantado hacia el cielo, tomó el sol de la mañana. Con el furor del fallido robo bancario ahora en el pasado, la ciudad había vuelto a la normalidad. Varios transeúntes lo saludaban mientras paseaban por la calle, y él asentía y sonreía, levantando la mano de vez en cuando. Un hombre popular, casi todo el mundo frecuentaba su tienda en algún momento u otro. Recientemente, la inclusión de un catálogo de pedidos por correo en su negocio atrajo a un número creciente de mujeres conscientes de la moda, todas deseosas de descubrir las últimas "cosas mejores" del este. Fue con este propósito que Florence Caitlin subió los escalones y movió la cabeza en su dirección.

"Buenos días, señorita Caitlin".

Buenos días, señor Grimes. Otro bonito día".

"Claro que lo es, aunque sospecho que el frío de la madrugada que siento es el precursor del invierno que se acerca".

"Ese espantoso robo fue tan terrible, ¿no es así? ¿Espero que no haya sido testigo de nada de eso?

"No, señorita, doy gracias por no haber abierto aun cuando todo estalló. Tantos muertos, afortunadamente la mayoría de ellos fueron esos viles ladrones. Todavía no he escuchado muchas noticias, pero sé que el Sheriff ha ido a buscar al resto".

"Esperemos que todo termine bien".

"De hecho", dijo.

Sonriendo, entró, sus botas de charol chocaron contra el suelo de madera. Larry la miró y suspiró. Si tuviera el coraje, invitaría a Florence a dar un paseo el domingo por la tarde por las colinas circundantes, o un paseo en carreta hasta el río. Sus fríos ojos azules, sus rizos rubios y su boca llena y haciendo pucheros le trajeron un calor incontrolable a sus entrañas. Sin embargo, aceptó que nunca podría pedirle que se uniera a él. Todos en la ciudad, incluida Florence, sabían que su corazón estaba puesto en otra parte, pero su mirada errante significaba que nunca estaría completamente satisfecho con una sola mujer, sin importar cuán atractiva pudiera ser esa mujer. Al creer que era un hombre firme y temeroso de Dios, nadie podía decir qué sucedía detrás de esos suaves y tiernos ojos marrones suyos. Quizás este conocimiento fue la razón por la que Florence parecía tan cómoda en su presencia. Ella lo creía fiel, un buen hombre, fuerte y virtuoso. También guapo, a pesar de su cojera. Quizás si supiera la verdad, dejaría de frecuentar su tienda. Quizás, también la mayoría de sus clientes. Y Cathy, que mantenía la llama cerca de su corazón, podría verse obligada a tomar una decisión y darle la espalda para siempre.

Dejando a un lado estos pensamientos perturbadores, Larry entró arrastrando los pies. Su pierna se sentía bien hoy, el calor ayudó a aliviar el dolor en su rodilla. La bala que había recibido en Gettysburg lo había convertido prácticamente en un inválido durante los últimos diez años y más, pero su determinación de caminar sin ayuda significaba que pocos conocían la historia de su cojera. Se rumoreaba que se había caído de un caballo hacía algunos años. Tal creencia estaba bien para él, cualquier cosa para desviarlos de la verdad.

Como esperaba, Florence estaba en el puesto del catálogo, hojeando lentamente las ilustraciones de las páginas. Apenas miró hacia arriba cuando Larry se acercó a ella. "Veo que han agregado algunas líneas nuevas".

"Directamente de Chicago, eso dicen".

"¿Chicago?" Ella lo miró. "¿No vino usted de allí, señor Grimes?"

"Sí, nací allí".

Ella arqueó una ceja y lo miró con curiosidad. "He oído decir que se unió al ejército, señor Grimes, luchó por los Blues, que el caballo que montaba recibió un disparo debajo de usted y sufrió una fractura de rodilla".

"Algo parecido". No agregó que la única parte fáctica de su historia era que él había luchado por la Unión, ofreciéndose como voluntario tan pronto como Lincoln hizo la llamada.

"No le importa que le pregunte, ¿verdad?"

"No, en absoluto". Forzó una pequeña carcajada. Se preguntó si había notado algo en su cambio de humor. Rápidamente hizo todo lo posible por desviarla. "Todo eso fue hace mucho tiempo, señorita Caitlin".

"No hace tanto tiempo. Diez años. Todavía nos estamos recuperando".

"Sí, supongo que es así".

"Los esfuerzos realizados para tratar de reformar el sur en alguna forma de utopía social están fracasando estrepitosamente. Pronto volveremos a donde comenzamos antes de que comenzara la guerra".

"No veo que eso suceda, señorita Caitlin. Creo que el Presidente lo tiene todo bajo control".

"¿Eso cree? Entonces, ¿por qué no envió tropas para sofocar el estallido de violencia en Mississippi esa vez? Ese Nathan Forrest había estado moviendo las cosas durante demasiado tiempo, en mi opinión".

"No creo que haya sido Forrest quien instigó la violencia en Mississippi".

"Posiblemente no, pero todo esto comenzó gracias a la creación de esos locos llamados Ku Klux Klan".

Larry Grimes parpadeó. "Su comprensión de la política me sorprende, señorita Caitlin".

"¿Por qué? ¿Porque soy mujer?"

Él esquivó su cáustica réplica y siguió sonriendo a pesar de la creciente ansiedad que se extendía a través de él. Eso era cierto; él mismo vio similitudes con cómo era el país a principios de la década de 1860. Pensar en todo esto estallando en una confrontación armada una vez más sería suficiente para que hiciera las maletas y se dirigiera a Canadá.

"No, no porque usted sea mujer", dijo, tan desarmador como pudo. "Más bien por la pasión con que aborda el tema".

"¿Pasión? No soy una secesionista, señor Grimes. Mi padre también luchó en la guerra, por la Unión".

"No sabía eso".

"Fue asesinado en Second Manassas".

La forma impasible y práctica en que ella reveló esta terrible noticia lo sorprendió. "Lo siento", dijo gentilmente.

"¿Dónde derribó esa bala a su caballo, señor Grimes?"

Se preguntó, no por primera vez, si debería o no decirle la verdad. Respiró hondo. "Gettysburg".

Sus ojos se nublaron y luego, inesperadamente, se acercó y le apretó la mano. "Usted está escondiendo algo, señor Grimes. Lo puedo decir".

Sintiendo el calor subir a su mandíbula, se aclaró la garganta y le dio un pequeño asentimiento. La conversación se estaba volviendo demasiado cercana para su comodidad. Suavemente tiró de su mano libre y se acercó al mostrador. "Me alegra que encuentre ese catálogo de interés, señorita Caitlin. Una vez que realice su pedido, dicen que seis semanas es el tiempo de espera. Eso es bastante".

"De hecho, lo es". Ella lo miró fijamente, esperando que él continuara, tal vez. Dado que no lo hizo, volvió al catálogo, mojando un dedo índice delgado antes de reanudar su búsqueda a través de los muchos artículos que se ofrecían.

Unas horas más tarde, después de reabastecer los estantes y atender al menos a una docena de clientes, salió de nuevo. La calle estaba llena de gente, muchos caminando, unos paseando a caballo, alguno que otro carruaje o carromato en movimiento, las ruedas necesitadas de grasa rechinando alrededor de sus ejes. Larry exhaló el aliento y miró su reloj de bolsillo. Era casi media tarde. Cathy normalmente ya estaba aquí, y se preguntaba qué podría haberle impedido entrar. Sus visitas eran lo más destacado de su día, aunque probablemente no sabía cuánto esperaba con ansias su llegada. Nunca le dijo nada. Una mujer como Cathy, fuerte, independiente, no estaría interesada en alguien como él, un virtual lisiado. Quizás debería probar suerte con Florence. Después de todo, ella le había tomado de la mano, algo que Cathy nunca había hecho en los dos años que la conocía.

Revisando ambos extremos de la calle, regresó al interior de la tienda, con el corazón apesadumbrado, con su estado de ánimo por el suelo.

CAPÍTULO CINCO

"Voy a necesitar llamar a un médico", dijo, colocando con cuidado la gran olla de hierro fundido sobre la estufa.

"Lo has hecho admirablemente hasta ahora", dijo él desde el interior de la habitación, apoyado por cada almohada que tenía.

"¿Qué pasa", sintiendo algo en su tono, "no quieres que te arreglen?" Ella se dio la vuelta y lo miró a través de la pequeña habitación de la cabaña.

"Por supuesto que quiero que me arreglen".

"Bien entonces".

"Solo pensé que si podía descansar un par de días más, estaría bien".

"Puede estar bien, pero un médico lo sabría con seguridad. Ese agujero en tu pecho era profundo, y el otro se está arrugando".

"Lo rellenaste con algunas cosas, ¿no es así? Cosas raras".

"Lo hice, sí, pero huele, y necesito limpiarlo todo correctamente".

Apoyó la cabeza en las almohadas y dejó escapar un largo suspiro. "La verdad es que tengo miedo. Estoy asustado de que vuelvan. Si fueras a buscar a quien sea y ellos irrumpieran aquí..."

"Está bien", dijo con suavidad, secándose las manos con un trapo y tirándolo a un rincón. Desenrollándose las mangas, cruzó la habitación y entró en el dormitorio. Ella se sentó en la cama a su lado. "Creo que es hora de que me digas qué pasó y por qué te dispararon".

"¿Tengo que hacerlo?"

"Claro que sí. Y no voy a dejar de acosarte hasta que lo hagas".

"Vaya, no eres más que un terrier, ¿no es así?"

"Soy eso. Es curioso, mi esposo solía llamarme así: *Cathy, decía, ¡tienes tanta arena, saliva y veneno como cualquier terrier que atrapa ratas que haya existido jamás!*" Ella se rió fuerte y largamente, sacudiendo la cabeza, mirando hacia atrás a través de los años.

"Pensé que habías dicho que estaba ausente", dijo cuando por fin, ella hizo una pausa.

Sus ojos, brillantes por las lágrimas de la risa, se endurecieron. "No. Dije: algo así. Está ausente, pero no en el sentido estricto de la palabra. Él está muerto. Fiebre escarlatina. Lo cortó como si fuera un bebé con las rodillas débiles. Hice todo lo que pude, Doc Henson también. Estuvimos despiertos durante tres noches..." Sacudiendo la cabeza de nuevo, pero esta vez con una profunda y pesada tristeza, respiró hondo. "Lo perdí, y no pasa un día en el que desearía que regresara".

"Lo siento".

"No deberías. Nunca lo conociste".

"Aun así".

"Aun así, es tu turno. Cuéntame tu historia, luego volveré a buscar al Doc y haremos que estés bien".

Él la miró profundamente a los ojos por un momento antes de alejarse lentamente. Unas cuantas respiraciones profundas, como si se estuviera preparando para un gran esfuerzo físico, y luego se lanzó a contar su historia.

CAPÍTULO SEIS

"Nos habíamos propuesto revisar el banco durante más de dos semanas. Un gran depósito venía del ferrocarril, principalmente oro transportado a los depósitos del gobierno. Ninguno de nosotros sabía cuánto, pero Bernie Seagrams, nuestro jefe, si quieres llamarlo así, lo había escuchado de un borracho de Amarillo mientras jugaba a las cartas. Dijo que estaba entre cincuenta y cien mil dólares. Una suma que te cambia la vida. La idea nos hizo decididos a llevarlo a cabo".

"Belén es una ciudad pequeña, pasada de lo mejor, pero está en la línea principal de ferrocarril de Chicago. Viajamos de dos en dos, y Pete Mullins y yo conseguimos una habitación en un hotel barato cerca del final de la calle principal. El plan era que deambuláramos por el área, manteniéndonos lo más discretos posible, mientras anotábamos las entradas y salidas en el banco.

"Habían traído a un grupo de guardias nuevos, bien armados, para proteger el envío. Debía almacenarse durante la noche antes de continuar su largo viaje a algún lugar de las profundidades de Texas. No teníamos idea de hacia dónde se dirigía, y tampoco nos importaba".

"Estábamos en el entarimado del Saloon, masticando puros, cuando lo vimos por primera vez. En ese momento, no tenía idea de quién era. Alto y delgado, pantalón gris de raya diplomática y levita negra. Llevaba la pistola cruzada sobre el vientre. La estrella en su solapa era enorme, como si se estuviera proclamando quién era exactamente: la ley".

"Pete refunfuñó en voz baja, diciendo que él sería el primero en morir, ya que parecía tan mezquino como un coyote. Estuve de acuerdo. No creo haber visto jamás en el rostro de un hombre una expresión como la que tenía. Hasta que llegó su compañero. Fue entonces cuando me asusté".

"Algo comenzó a martillarme en la cabeza de que aquello iba a ser mucho más difícil de lo que Seagrams había pensado".

"Más tarde supe que el delgado vestido de negro era Sterling Roose, sheriff de la ciudad. Su compañero, vestido con pieles de ante, era un explorador del ejército llamado Reuben Cole. Tenían algo de reputación estos dos, ambos tan duros como la tierra sobre la que cabalgaban. Hombres que sabían sobre matar y lo tomaban a la ligera con una marcada indiferencia que era escalofriante".

"Llegó el día de la entrega y Seagrams se reunió conmigo fuera de una sombrerería. Le conté mis preocupaciones y él se rió de ellas. Era un hombre con una misión, y nada estaba a punto de obligarlo a alejarse de lo que veía como su destino".

"Él gritó: ¡Voy a ser rico, tan rico como jamás había soñado! Dijo esto con los pulgares clavados en su cinturón, luciendo tan feliz como un niño en su cumpleaños".

"Eso fue todo. Haciendo caso omiso de todo lo que le dije, llegó el momento de entrar. Seis de nosotros, con pañuelos en la nariz, entramos humeantes, seis pistolas listas. Otros tres estaban afuera, dos con los caballos, el viejo Joey Steiner conducía la carreta. Los cajeros detrás del mostrador ya estaban levantando sus manos cuando Seagrams gritó: ¡Saquen su dinero de esos cajones y ni siquiera piensen en intentar algo tonto!"

"Saltando el mostrador, Jonás y yo irrumpimos en la pequeña oficina en la parte de atrás donde encontramos a un hombre vestido con un resplandeciente bigote de manillar y una mirada temblorosa. "Queremos la combinación para la caja fuerte", escupió Jonás y apretó con fuerza su pistola de seis contra la frente del hombre".

"El banco de Belén era uno con las nuevas bóvedas blindadas importadas de Alemania. No solo era grande, sino que contaba con un juego doble de cerraduras de combinación, las cuales tenían que estar correctamente enganchadas para que se abriera la gran y pesada puerta".

"Por la expresión de su rostro, pude ver que el director del banco no era el más valiente de los hombres. Con mucho gusto renunció a la combinación, y me puse a montarla mientras Jonás mantenía la pistola en su cabeza".

Grité mientras los seguros se enganchaban y entraba Seagrams, radiante. Junto conmigo y otros dos, nos dispusimos a llenar los muchos sacos de lona que habíamos traído. Poco a poco, un impresionante montículo de bolsas de dinero creció junto a la caja fuerte, y pronto las llevaríamos al vagón de afuera.

"Fue entonces, tal vez cuando vio que empezábamos a llevarnos el dinero, que el pequeño director del banco dijo algo. "No se saldrán con la tuya. Eso es dinero del ferrocarril, destinado al gobierno. Los perseguirán y los colgarán a todos".

"Jonás lo golpeó, el sonido de su pistola contra el costado de su cráneo hizo el crujido más terrible. La fuerza del golpe lo hizo caer de su silla giratoria y lo envió al rincón más alejado, la sangre ya manaba, sus gemidos se volvían más fuertes a cada segundo. "Te meteré una bala si no paras de hablar", gritó Jonás mientras Seagrams, distraído con el dinero por un momento, sacó su propia pistola y apuntó. "¡Cállate!" Le espetó"

"El pobre hombre, preso del dolor y el miedo, hizo exactamente lo contrario, su gemido se convirtió en un fuerte lamento. Un sonido horrible, viajó mucho más allá de las paredes del banco y fue mejor que cualquier alarma para advertir al pueblo de lo que estaba sucediendo".

"Fue entonces cuando hice una cosa de lo más temeraria. Me interpuse entre el gerente y esos dos tontos con sus armas. Agitando mis manos, grité: ¡No hay necesidad de matar!"

"Si no estaban ya indignados, esos dos se volvieron como perros salvajes, echando espuma por la boca, masticando los dientes, destellando los ojos. "Sal del maldito camino", gritó Jonás, pero yo no lo hice. Detrás de mí, los gritos del pequeño gerente continuaban y eran increíblemente fuertes. Pude ver lo que se movía detrás de los ojos de Jonás y lo que vi me asustó, no me importa decírselo. Sabía que era un vulgar, un simplón que se apresuraba a la violencia, así que no me arriesgué. En esa pequeña pausa, con la incertidumbre bailando en sus rasgos, saqué mi arma y le disparé en lo alto del brazo armado".

"Todo se volvió una locura desde ese momento".

"Mientras Jonás cruzaba la habitación con una voltereta, la mandíbula de Seagrams se abrió de par en par. Todos sus planes, todos sus sueños, se estaban desintegrando ante sus ojos, y supe que estaba a punto de hacer algo horrible".

Así que también le disparé a él, esta vez no en el brazo, sino en el pecho. Lo arrojé contra la pared del fondo y lo vi deslizarse hacia el suelo, sus ojos ya sin vida, el agujero en su cuerpo dejando un rastro de humo y sangre.

"El director del banco se quedó boquiabierto con incredulidad por lo que había presenciado. Aunque con un dolor obvio, su rostro hinchado como un melón maduro, ya no gimió. Ignorándolo, y sin pensarlo más, agarré tres o cuatro de esos sacos de dinero y salí corriendo a la sala principal.

"Uno de la pandilla preguntó: ¿Qué está pasando ahí?"

"El gerente del banco disparó a Seagrams, dije rápidamente. Tenemos que irnos".

"Nadie se puso a interrogarme cuando los cuatro restantes salimos corriendo para unirnos al resto de la pandilla afuera. Agarrando puñados de dinero, metimos billetes de un dólar en los sacos mientras corríamos. Tiramos algunos de los sacos a la parte trasera del vagón. Uno o dos de nosotros fuimos a atar bultos detrás de nuestras sillas de montar antes de saltar sobre los lomos de nuestros caballos y salir de allí".

"Hasta que apareció Roose".

"Estaba de pie en el centro de la calle, Henry en la mano, apuntándolo como si fuera un brote de pavo, estaba tan malditamente tranquilo. Su primera bala derribó al viejo Joey Steiner, volándolo limpio de su asiento. Los caballos se enloquecieron, se encabritaron, relincharon y chillaron de terror, y corrieron calle abajo. No podíamos hacer nada más que mirar. La segunda bala le arrancó el cráneo a uno de los otros, bañando a los más cercanos con su sangre y cerebro. Eso encendió a todos, los gritos de hombres y caballos sonando como algo proveniente de las mismas entrañas del infierno donde las almas atormentadas despotricaron y deliraron en las profundidades de sus almas torturadas".

"Porque así era. Puro infierno".

"Estaba luchando para mantener a mi caballo bajo control. Otros pasaban a mi lado, jurando y maldiciendo, golpeando a sus caballos con manos, sombreros e incluso armas desenvainadas. Cualquier cosa para hacer que esas bestias aterrorizadas se movieran.

"Más balas atravesaron el aire sin alcanzar a algunos de nosotros por meras pulgadas. El aire se llenó de sudor y miedo de los caballos. Uno o dos de nosotros enviamos algunos tiros de respuesta, pero fueron tan ineficaces como desesperados. Luchando por avanzar, me las arreglé para sacar mi arma e hice todo lo posible para apuntar, pero fue inútil, mi caballo ya estaba demasiado asustado".

"El otro salió de una calle lateral. Reuben Cole. No sé cómo hizo eso, acercándose sigilosamente a nosotros sin ser visto, pero mató a tiros a otro de nuestra pandilla e hirió a Jim-Bob Winters en la pierna antes de que pudiéramos galopar lejos de esa zona de matanza".

"Estábamos en un estado lamentable. Cuatro de nosotros muertos, Jonás herido en el banco, el pobre y pequeño Jim-Bob chillando como un cerdo atorado a mi lado. Sabía que no duraría toda la noche, pero no había nada que yo ni nadie más pudiéramos hacer. Nuestro único pensamiento ahora era montar, duro y rápido, de regreso a nuestro escondite, contar el dinero que teníamos y hacer nuestro camino hacia la frontera mexicana y estar a salvo".

"Cuando finalmente llegamos a nuestro campamento, los caballos explotados, todos en un estado miserable de nervios destrozados, hice lo que pude para que Jim-Bob se sintiera cómodo. Con la tarde avanzando y el calor apresándonos como un tornillo de banco, llevé un cuchillo caliente al muslo del pequeño Jim-Bob y saqué la bala. Lo empacamos con trapos empapados en tequila, y me senté con él mientras se retorcía en su manta, consumido por el sudor. Los demás bebieron el poco licor que quedaba, fumaron y murmuraron. Todos estábamos paralizados por la conmoción. Teníamos poco que mostrar por todos nuestros esfuerzos, y yo era el único sobreviviente que había logrado poner algo de dinero en mis alforjas.

"Fue a primera hora de la tarde cuando apareció Jonás. Mientras los demás gritaban y gritaban de alivio y emoción, me quedé como una roca. Nuestros ojos se clavaron el uno en el otro. Su brazo derecho colgaba inútil a su lado, pero en su mano izquierda tenía su Colt.

"Aproveché mi oportunidad y eché a correr, saltando a la parte trasera de mi caballo cuando la primera bala pasó por encima de mi cabeza. Manteniéndome agachado, me puse en camino, sabiendo muy bien que estarían detrás de mí".

"Me alcanzaron junto a un arroyo, y allí me dispararon, me desnudaron y me dieron por muerto. Era justicia, dijo Jonás, con los ojos encendidos con un júbilo asesino. "Te veré en el infierno, desgraciado traidor", dijo y me escupió antes de partir".

"Me desmayé y, cuando me desperté, estaba en una cabaña con la mujer más hermosa que he visto atendiéndome. Y eso es todo. Todo lo que sucedió. No sé qué será de mí ahora, pero no puede ser tan malo como lo que ya he pasado durante ese miserable intento de robar el banco".

Bajó la cabeza y dejó escapar un largo suspiro, aparentemente exhausto con el relato.

Después de escuchar en silencio, Cathy se reclinó en su silla y miró al hombre sentado frente a ella en la mesa toscamente tallada. Eligió concentrarse en el suelo.

"¿Es esa la verdad?" Ella dijo después de un tiempo.

"Te juro que lo es".

"No estoy segura de si la confesión de un ladrón de bancos sea tan creíble".

"Lo entiendo, pero, ¿por qué iba a mentir? Me salvaste la vida. Estoy en deuda contigo".

Eso fue lo suficientemente bueno para Cathy. Ella se levantó, hizo café y huevos, los sirvió en platos de hojalata, y él comió como si no hubiera probado la comida en días. Esto trajo una sonrisa a sus labios y sintió que él era un buen hombre, alguien en quien confiar. A diferencia de su difunto esposo, cuya pasión por los viajes no le traía más que dolor, a pesar de que lo amaba hasta los huesos.

CAPÍTULO SIETE

Se detuvieron en la subida que dominaba la colección cansada y gastada de edificios de madera deformados que alguien había bautizado una vez como la ciudad de "Haven". Uno de los hombres escupió y maldijo. "Esto parece más muerto que un cementerio, Jonás".

"Los cementerios no están muertos, solo los que están en ellos".

"Sabes a lo que me refiero".

"Todo lo que necesito es un médico para curarme, luego nos iremos". Para dar un poco de énfasis a sus palabras, intentó girar el hombro, acción que provocó una serie de obscenidades en sus labios. "Han pasado dos días, y siento que se está entumeciendo".

"Eso es bueno, ¿no? No más dolor".

"Eres estúpido o simplemente no tienes cerebro".

"¡Oh, mierda, Jonás, no es necesario que me digas esas cosas!"

"*Gringo*", dijo el mexicano que estaba sentado a horcajadas sobre su caballo al otro lado de Jonás, "si no te gusta, quédate aquí y cocínanos un poco de comida".

"¿Comida? ¡Demonios, no soy tu sirviente, Cruces! Además, no tenemos comida".

"Esa es otra razón para ir a echar un vistazo", dijo el cuarto miembro de la pandilla, un joven desgarbado, con marcas de viruela y sin dientes.

Jonás pateó a su caballo y lo bajó por la pendiente, los otros se movieron lentamente detrás.

El sol ardía, pero no tan ferozmente como últimamente. El año estaba cambiando, las noches mucho más frías ahora de lo que habían sido. Pronto, llegaría la nieve y viajar por el país se volvería cada vez más difícil. Necesitaban suministros y un lugar para quedarse, lamerse las heridas y reevaluar su situación. Estos pensamientos, entre otros, zumbaban dentro de la cabeza de Jonás. Nada de esto había sido culpa suya. El plan había dependido de Seagrams, pero por muy inteligente que fuera su antiguo líder, no había hecho ningún plan de respaldo, nunca consideró por un momento que algo saldría mal. Ahora la pandilla tenía que liberarse de alguna manera y seguir adelante, y esta vez, cualquiera que fuera el plan que evolucionara, tendría éxito. Sería el plan de Jonás, si alguna vez arreglaba este brazo. Trató de abrir y cerrar el puño, pero apenas pudo hacerlo, el entumecimiento se extendió con una rapidez aterradora. Dejó a un lado los pensamientos oscuros e inquietantes y espoleó a su caballo al galope.

El único Saloon era un edificio de mala muerte, una sola habitación estrecha con cuatro mesas y una escalera destartalada que conducía a las habitaciones de arriba. Alrededor de una mesa, dos hombres estudiaban naipes rotos y con orejas de perro. Detrás del mostrador, un hombre diminuto y calvo lustraba unas gafas. Miró hacia arriba cuando entraron los cuatro jinetes salpicados de polvo. De repente, sus manos empezaron a temblar.

"Tranquilo", dijo Jonás con los dientes apretados,

"estamos cansados, sedientos y hambrientos. Todo lo que queremos es descansar un rato".

"¿Tienes cerveza?" Preguntó el joven desgarbado.

El hombre asintió. "También está fría".

El joven golpeó el mostrador con la palma de la mano. "¡Entonces sírvelas!"

El tabernero calvo desapareció en una trastienda. Jonás escaneó la habitación y se acercó a los dos jugadores de cartas. Se quitó el sombrero. "Caballeros, ¿habrá un médico por aquí?"

Los hombres estudiaron el brazo empapado de sangre de Jonás y se movieron inquietos en sus sillas. "Doc Farlow está jubilado ahora", dijo uno de ellos, "pero todavía vive en la parte de arriba en lo de Maisie".

¿Lo de Maisie?

"Ese es nuestro almacén local", dijo el hombre calvo, reapareciendo con una bandeja de cuatro vasos de cerveza llenos hasta arriba, espuma cayendo en cascada por los lados.

"Ya no está en funcionamiento", añadió rápidamente el jugador de cartas.

Mientras los demás atacaban su cerveza, los ojos de Jonás nunca dejaron de observar a los dos hombres. "¿Cuán lejos?"

"Directamente calle abajo. No tiene pérdida, el letrero todavía está colgado allí. Llega al consultorio de Doc Farlow por los escalones de afuera. Ahí es donde se aloja".

"Agradecido", dijo Jonás, se acercó a su cerveza y se la bebió de un trago. Chasqueando los labios y eructando ruidosamente, se dirigió a la puerta. "No tardaré, muchachos".

"¿Quieres que alguien te acompañe?"

Jonás sonrió al joven desgarbado. "Estaré bien, Len, pero gracias por ofrecerte".

. . .

Jonás se detuvo al pie de la escalera de madera, adosada como estaba al prostíbulo abandonado, y vaciló. Los escalones eran grises y las tablas deformadas no parecían capaces de soportar el peso de un niño, y mucho menos de un hombre. Una puerta podrida en la parte superior colgaba de bisagras oxidadas. Sin señales de vida.

Jonás puso tentativamente el pie en el primer escalón e hizo una mueca cuando gimió. Aplicando más de su peso, comenzó un lento y laborioso ascenso, haciendo una pausa, probando las tablas una a la vez antes de pasar a la siguiente.

Con un paso más para avanzar, levantó el pie. La puerta vieja se abrió de golpe y un hombre pequeño y rechoncho que vestía calzoncillos largos manchados apareció con una Colt Navy en la mano.

Sorprendido por esta repentina aparición que apareció ante él, Jonás saltó hacia atrás, gritó, perdió el equilibrio y cayó de espaldas por los escalones, astillando varios, hasta que golpeó el fondo y rodó por el suelo, levantando ondulantes nubes de polvo gris, que lentamente se posó sobre él. Permaneció inmóvil, consciente del dolor que se extendía por su cuerpo, no solo por la herida de bala, sino por nuevos rivales aún más atroces por los moretones, cortes y, más que probablemente, roturas.

"¿Qué, en nombre de Hades, estás haciendo arrastrándote por mis escaleras, muchacho?"

Consciente de la voz, pero no de su dirección, Jonás no se atrevió a moverse. Sintió que si lo hacía, rompería su columna en dos. Respirando en la tierra, tratando de no tomar demasiado en su boca, gimió, "Ayúdeme".

"¿Cómo puedo ayudarte, maldito tonto? Te fuiste y rompiste mi escalera. Ahora no puedo ni subir ni bajar".

"Ah, no, Lemmy", dijo la voz de una mujer joven, "ahora tendremos que quedarnos en la cama todo el día". Ella se rió.

"¿Y qué hay de la comida y el agua, eh? Este maldito tonto nos ha condenado a una pena de cárcel".

"No está tan mal, ¿verdad, Lemmy? ¿Estar encerrado conmigo?"

"Ah, Maisie, sabes que me gustaría pasar el resto de mis días encerrado contigo".

Otra risita, el sonido de algo golpeando el cuerpo de la chica, y luego el golpe de la vieja puerta cerrándose detrás de ellos, gritos ahogados que venían del interior.

Jonás gimió. El viejo estúpido lo había dejado allí para que muriera. Si alguna vez volvía a ponerse de pie, haría que le curara las heridas y luego le metería una bala calibre cuarenta y cinco dentro del cerebro.

———

Algún tiempo después, preocupados por el paradero de Jonás, los demás se movieron afuera, deambulando por la calle para encontrar a su líder tirado en el polvo, apenas respirando. Len echó a correr y se sentó a su lado. "Jonás", dijo, sacudiendo a su jefe caído por los hombros. "Jonás, ¿estás muerto?"

"¿Alguien le disparó?" preguntó el mexicano Cruces, sacando su arma y escudriñando todos los lados de la calle. Len revisó rápidamente el cuerpo de Jonás y negó con la cabeza. "Channi", dijo Cruces, mirando hacia atrás por donde habían venido, "cubre el otro extremo, y trataré de ver quién está en el lugar de ese médico".

"¿Quién hizo esto?" preguntó Channi. Miró por la calle desierta. "Los mataré cuando los vea".

Al llegar a los escalones rotos, Cruces soltó una carcajada y se quitó el sombrero de copa plana de la frente con el cañón de su revólver. "Nadie, mi *amigo*. Se cayó por estas escaleras". Dio un paso con la bota y pasó limpio. Rió de nuevo. "Las maderas están podridas. Todas ellas. Me pregunto quién será el que vive allí".

"Un doctor, eso fue lo que dijo el tonto de la taberna". Len acunó la cabeza de Jonás, alisando mechones de cabello de la frente sudorosa de su jefe. "No me gusta su aspecto, Cruces", dijo con voz quebrada. "Llama a ese doctor y dile que venga aquí".

"No creo que nadie venga aquí pronto, *amigo*".

Todos lo oyeron entonces, un estallido de risa alegre, una palmada en la carne desnuda, seguido de prolongados gemidos.

"¿Qué diablos...?" Cruces sacó su arma y miró en el pestillo de la puerta. Conteniendo la respiración, soltó un disparo cuidadosamente dirigido y abrió el pestillo, la réplica de la explosión resonó en las calles silenciosas y vacías.

Un terrible grito y graznido se emitió desde más allá de la puerta, y pronto se abrió de par en par, apareció un hombre pequeño, despeinado y empapado en sudor, con el rostro torcido en un ceño fruncido de ira pura e incontenible.

Sin embargo, antes de que pudiera hablar, el siguiente disparo de Cruces se estrelló contra la parte superior del marco de la puerta, a centímetros de la cabeza calva del anciano. Gritando alarmado, el anciano volvió a meterse dentro, agitando las manos por encima de la cabeza. "¡Estoy desarmado, estoy desarmado!"

"Vuelve aquí, viejo idiota". Cruces disparó otro tiro, arrancando una gran parte del marco de la puerta del lado cercano. "¡La próxima bala atravesará tu pared!"

"Cruces", llamó Channi detrás de él.

"¿Qué?" Preguntó Cruces, sin volverse, apuntando con el arma a la puerta.

"¡Cruces, ven aquí *ahora*!"

Balanceándose con la cara roja, Cruces escupió varias palabras escogidas, terminando con, "¿Qué es eso?"

Vio a Channi haciendo un pequeño baile extraño mientras señalaba calle abajo. Cruces siguió el dedo extendido de su compañero y tragó un grito ahogado.

"Tenemos problemas", dijo Len, poniéndose de pie.

"Parece de esa manera", dijo Cruces, reemplazando los dos cartuchos gastados por otros nuevos. Enfundando su arma, respiró hondo. "Espero que esto no tarde mucho. Jonás necesita que lo atiendan".

CAPÍTULO OCHO

Cathy volvió a entrar después de haber enganchado su caballo a la carreta. Se puso un abrigo grueso, arqueó una ceja hacia su invitado y suspiró, no le gustó en nada la forma en que él luchó para vestirse. "¿Estás en condiciones de viajar? El aire se está volviendo fuerte".

"Estaré bien", dijo. Se las había arreglado para ponerse los pantalones y la camisa del guardarropa de su marido que ella había lavado y reparado tan metódicamente mientras él dormía. Hizo una mueca mientras empujaba su brazo a través de una manga. "Puedo sentirlo. La infección. También puedo olerla".

"Bueno, estoy seguro de que el médico lo solucionará. Creo que iremos hasta Haven, que está más cerca. Doc Farlow es una cabra vieja y maloliente, pero es un buen médico, eso dice todo el mundo. Después de la muerte de mi marido, todos me dijeron que era mejor que el médico de Belén". Se mordió el labio inferior con fuerza. "Ojalá hubiera sabido eso en aquel momento".

"Quizás nadie hubiese podido haber hecho mucho por él".

"Al final, creo que tienes razón".

Cojeó hacia ella. Ella lo tomó del codo y lo condujo afuera. Inmediatamente, empezó a temblar. El cielo, que ya no era azul, era de un blanco uniforme, la promesa de la nieve en el aire. Ella había le puesto uno de los abrigos de su esposo en el pecho y, después de ayudarlo a levantarse, se sentó a su lado y le puso el abrigo alrededor de los hombros.

"Le agradezco que haga esto por mí, señorita Catherine".

"Solo Catherine está bien". Ella le lanzó una sonrisa. "Nunca me dijiste el tuyo".

"Ah, sí... Es Norton", dijo, no demasiado convincente.

"¿Norton?" El asintió. "Bueno, si ese es tu nombre real o no, encantada de conocerte". Ella extendió una mano enguantada y él la tomó, riendo, una acción que pronto lo envió a un ataque de tos gruesa y ronca. "Necesitamos ponernos en movimiento. Pronto te sobrecogerá la fiebre". Ella movió las riendas y se alejaron rodando por el suelo duro y lleno de baches, recogiendo el rastro hacia Haven en apenas diez minutos.

De alguna manera fuera de la ciudad, el caballo tensándose en el arnés con su inusual carga de dos personas, escucharon por primera vez los disparos. Cathy tiró de las riendas del caballo, que se sopló las fosas nasales con gran alivio. Ellos escucharon sentados.

"¿Tienes un arma?"

Ella lo miró. "Sólo el viejo Henry, aquí detrás de mí".

"Podríamos necesitarlo".

Sonaron disparos distantes, que sonaban como tachuelas arrojadas en un cubo. "Me pregunto qué será".

"No lo sé Cathy, pero no creo que estés preparada para un tiroteo". Dio una sonrisa irónica. "A menos que te veas obligada a ello".

De nuevo, miró, esta vez con más dureza. Dibujado, sudando profusamente, su palidez enfermiza gris, pudo ver que se estaba deteriorando rápidamente. También sabía que tenía que llevarlo al médico antes de que sucumbiera a la fiebre en desarrollo, el veneno corría libremente a través de él, acercándolo cada vez más a la muerte. "Escucha, quiero que te envuelvas en ese abrigo. Agacha la cabeza y trata de mantenerte consciente".

"¿Pensé que dijiste que dormir era algo bueno?"

"Normalmente lo es, pero ahora mismo, debes mantenerte despierto y concentrarte en combatir esa fiebre. Pareces la muerte".

"Me *siento* como la muerte".

"Está bien", dijo, girando en su asiento para recoger el Henry. Ella accionó la palanca y cargó una nueva ronda.

"¿Estás segura de que sabes cómo usar esa cosa?"

"Efectivamente".

"Dijiste eso con sentido".

Asintiendo, sus ojos se empañaron mientras miraba hacia el pasado, hacia ese terrible día no hacía mucho tiempo cuando los indios llegaron. Tres de ellos, delgados como un palo, muriéndose de hambre por su mirada, sus ojos negros ardiendo, y rostros devastados por el hambre. Sin embargo, a pesar de esto, se movieron con una gracia fascinante, barriendo la cabaña de troncos desde diferentes ángulos. Dos tenían Winchesters, el tercero un arco y una flecha lista para lanzar. Jude, que había estado girando patatas en uno de los pequeños huertos cuando los vio, ya corría más rápido que un correcaminos y gritaba: "¡Consigue el Henry, Cathy!".

La vieja Beth, su perra, una criatura tan fiel y dulce, gruñía y mostraba los dientes. El animal cargó contra el indio más cercano, lanzándose con un coraje sin sentido a su garganta. El indio trató de alejarla con el Winchester, sujetándolo por el cañón, pero la perra estaba decidida, esa vieja perrita. Ella puso sus dientes alrededor de su antebrazo, y cayeron a la tierra dura en un lío de gritos y gruñidos.

La sangre brotó de su brazo destrozado, el Winchester olvidado. La vieja Beth aguantó, esos dientes se hundieron cada vez más profundamente, sacudiéndolo como si fuera una de las ratas que a menudo mataba en el granero.

El indio del arco atacó a la vieja Beth, disparándole en el flanco con dos flechas. Cathy siempre pensó, quizás de verdad, que esa era la razón por la que sacó al viejo Henry del coche con tanta determinación, ignoró las angustiadas súplicas de Jude para que se lo entregara y le disparó al indio con el arco en la cabeza. Sin una pausa, puso tres balas más en otro indio que venía alrededor del pozo, haciendo todo lo posible por dispararle con su Winchester. Bajó y se quedó abajo.

"¡Cath!"

Ella lo apartó con el hombro, moviendo la palanca, y caminó hacia el guerrero mutilado en el suelo. Desnudo, con el cuerpo lleno de sudor y sangre, se retorcía en agonía, balbuceando algo para ella, con una expresión de abyecto terror en su rostro. Ella lo silenció con el resto de la carga del rifle, perforando su torso y disfrutando de cada disparo.

"Sí", dijo lentamente, arrastrándose de regreso al presente. "Seguramente lo digo en serio". Y ella movió las riendas e instó a su pobre y desaliñado caballo hacia la ciudad.

CAPÍTULO NUEVE

Cuatro jinetes, con abrigos negros envolviendo sus cuerpos, sombreros negros apretujados sobre sus cabezas, enmascarando rasgos, diseñados para infundir miedo. Cabalgaban con un avance lento y deliberado, como si estuvieran bien ensayados en este tipo de intimidación.

Channi se acercó a Cruces. El mexicano estaba de pie con su arma de seis tiros en la mano, mirando a los jinetes que se acercaban con creciente ansiedad. "Se ven malvados. Armas gemelas, atadas, son pistoleros".

"Podemos manejarlos, Cruces, no te preocupes".

"Pero lo hago", dijo Cruces. "Ojalá tuviéramos rifles".

"Tengo mi Winchester con los caballos", dijo Len. "Podría eliminarlos con facilidad si eso es lo que crees que deberíamos hacer".

Channi miró el cuerpo inerte de Jonás y respiró hondo. "Jonás sabría qué hacer".

"Yo digo que nos separemos", dijo Len. "Cruces, quédate aquí. Channi, allá a la derecha, detrás de esos barriles apilados junto a la oficina del viejo ensayador. Yo, volveré corriendo a mi caballo y les pondré una cuerda con mi Winchester".

"Dispara, Len, lo tienes todo arreglado", dijo

Channi, con voz optimista, adecuadamente impresionado.

"Haz lo que dice", gruñó Cruces con la comisura de la boca. "Mientras tanto, hablaré con ellos, veré qué es lo que quieren".

"Son los hombres de Ed Rollins", dijo una voz, y todos miraron hacia arriba para ver al doctor, a cuatro patas, asomando la cabeza por la puerta. "No sé quiénes son ustedes, chicos, pero mi consejo es que regresen al lugar de donde vinieron. Rollins no es un hombre que se muestre amable con los extraños, especialmente con aquellos que intentan disparar contra su ciudad".

"¿Su ciudad?" Channi se rió entre dientes. "Si esta es su ciudad, es bienvenido".

"No siempre fue así. Una vez fue un lugar próspero y animado, y los mineros de oro gastaron mucho dinero. Cuando se agotó la costura, se fueron. Rollins se quedó atrás, invirtió su dinero sabiamente y ahora está tratando de llegar a algún acuerdo con las compañías ferroviarias. Si tiene éxito, esta ciudad volverá a crecer".

"Escucho esa historia en casi todos los lugares a los que voy", dijo Channi. "Debe haber más pueblos destrozados que moscas alrededor de un cadáver".

"Habrá moscas alrededor de Jonás si no actuamos rápido", intervino Len. Se dio la vuelta y corrió hacia su caballo.

Los jinetes continuaron avanzando inexorablemente, pero este repentino estallido de actividad de Len los impulsó a la acción. Alzando sus sombreros, golpearon los flancos de sus caballos y se lanzaron a una carga repentina.

"Ah, diablos", gruñó Cruces y levantó su revólver, avivando el martillo, lanzando un chorro de plomo sin efecto alguno.

Zambulléndose detrás de los barriles apilados, como le dijeron que hiciera, Channi se tomó su tiempo, ordenando sus pensamientos, controlando su cuerpo mientras las palpitaciones se convertían en algo más parecido a golpes de martillo en el pecho. Conteniendo la respiración, apoyó el brazo de la pistola en la parte superior del cañón más cercano y bajó los tiros, uno tras otro, observando con cierta satisfacción cómo uno de los jinetes se levantaba, agarrándose el pecho, lanzándose hacia atrás sobre su silla de montar, sangre brotando de la herida. Golpeó el suelo con fuerza y se quedó quieto. Channi gritó en su triunfo y alimentó más cartuchos mientras los jinetes se desplegaban en un amplio arco.

Mientras tanto, Len había llegado a su caballo y se apresuró a sacar el Winchester de su vaina. Accionando la palanca, apoyó el cañón en el lomo de su caballo y apuntó con cuidado. Cuando apretó el gatillo, otro jinete cayó, y Len, que no era la gente más vociferante, gruñó de satisfacción mientras se preparaba para disparar de nuevo.

A Cruces no le fue tan bien. Después de saltar sobre la forma inerte de Jonás, corrió hacia los escalones en ruinas. Hizo todo lo posible por mantenerse agachado, pero los jinetes estaban cerca ahora. Aunque sus monturas estaban cada vez más fuera de control debido a los disparos, uno de ellos logró meter una bala en el muslo de Cruces. El mexicano chilló y cayó de lado, su Colt patinó por el suelo, fuera de su alcance. Aferrándose a la herida, trató de retroceder, pero antes de que lograra avanzar menos de dos metros, los dos jinetes restantes estaban sobre él.

Channi, con su arma ahora recargada a pesar de haber derramado algunas de las balas en el suelo, gimió de angustia al ver al pobre Cruces. ¿Por qué Len no estaba disparando más rondas? Miró hacia la calle y maldijo cuando vio la respuesta a su pregunta.

Tres jinetes más se acercaban desde el otro lado de la ciudad. Len estaba haciendo todo lo posible por reaccionar después de enterarse de su avance, girando, arrodillándose, alineando el primer objetivo.

Desafortunadamente para Len, estaban tan callados que ahora estaban virtualmente sobre él. Lo rodearon, con las armas en la mano, haciéndole saber con pocas dudas que era hombre muerto tan pronto como disparara su Winchester. No debatió la situación durante mucho tiempo y, arrojando el Winchester al suelo, se puso de pie con los brazos en alto.

"Has derribado a dos de mis muchachos", dijo el jinete más cercano al retorcido Cruces. "Si están muertos, te ahorcaremos. Si están gravemente heridos, te desnudaremos, te azotaremos y te enviaremos de regreso por el agujero del que saliste. Tab, revisa sus cuerpos".

Tab desmontó lentamente. Aprovechando su oportunidad, Channi salió de detrás de los barriles.

"Guarda esa pistola, muchacho", dijo el que estaba hablando, "a menos que quieras conocer a tu Creador en los próximos diez segundos".

Channi no tardó esos diez segundos en tomar una decisión y dejar caer su arma de los dedos temblorosos.

"Mi nombre es Edward Rollins, y este es mi pueblo", dijo el hablante y se bajó de la silla. "Tab, ¿cómo están esos chicos míos?"

Tab, comprobando que el jinete al que Channi había disparado no tuviera signos vitales, dejó escapar un largo suspiro. "Le dispararon mal, Sr. Rollins".

"Sí, pero, ¿está muerto?"

"Todavía no, señor".

"Está bien, ahora mira a Louden".

Louden fue el pobre jinete que recibió la ronda de Winchester de manos de Len. Había un agujero de buen tamaño en su pecho y sus ojos estaban muy abiertos. Tab no necesitó verificar más. "No, señor Rollins, está muerto".

Al escuchar esto, Rollins dejó escapar un suspiro prolongado, se echó hacia atrás el sombrero y se permitió unos segundos antes de decir: "Eso es una pena.

Él era un buen hombre. Conocía a su madre. La conocía bien. Gracias al Señor, ella también está muerta; de lo contrario, ¡mi ira sería tal que ya te estaría poniendo un montón de alimañas en el suelo!"

Los jinetes adicionales ya habían hecho que Len se uniera a los demás. Una figura patética y asustada, se retorcía las manos constantemente, los rasgos tensos, rindiéndose ya a la terrible inevitabilidad de su inminente perdición.

"Está bien, muchachos", dijo Rollins, mirando a su alrededor como si estuviera buscando algo. "Átenlos".

CAPÍTULO DIEZ

Desde su silla, Sterling Roose observó cómo Búho Marrón, de rodillas y manos, estudiaba la tierra. A pesar de todos sus años de cabalgar con el ejército, rastreando renegados y partidas de guerra comanches, Roose nunca había desarrollado un nivel de habilidad tan alto como lo demostraron Cole y Búho Marrón. Eran maestros en su arte, especialmente Cole. Podía distinguir la dirección de un fugitivo a partir de una sola brizna de hierba rota. Ahora, observando a Búho Marrón, se sintió invadido por la misma sensación de asombro que el explorador mientras se quitaba el polvo de los pantalones de ante. "Cabalgan rápido, pero aquí...", agitó la mano sobre un trozo de terreno duro y seco, "hay otro detrás de ellos. No tan rápido. Quizás su caballo sea viejo, o esté enfermo, quizás herido".

"Eso se relacionaría con lo que sucedió en el banco. El que escapó por la parte trasera, resultó herido. Mal herido, eso dijo el gerente del banco".

Búho Marrón gruñó y asintió con la cabeza, pero no respondió. Se montó en el lomo de su poni. "No están tan lejos".

"Bien, entonces". Roose se volvió hacia su variopinta patrulla, "asegúrese de que sus armas estén cargadas, hombres. No pasará mucho tiempo ahora".

Algo los atravesó. Un nerviosismo que casi se podía saborear. Roose miró hacia otro lado y deseó, no por primera vez, que Cole estuviera montando con él.

Un poco más adelante llegaron a los restos de un campamento. No pasó mucho tiempo antes de que Búho Marrón señalara las áreas donde el suelo estaba rayado y roto. "Creo que uno se fue, seguido de cerca por otros".

"Una discusión de todo tipo", dijo Roose, con las manos en el pomo, mirando a través de la llanura interminable. "Eso podría funcionar a nuestro favor".

"No veo cómo", dijo uno del grupo.

"Podría significar que tenemos menos de ellos con los que lidiar".

"¿Lidiar?" El hombre miró a sus compañeros y luego de nuevo a Roose, con pánico en su voz. "Nunca dijiste nada sobre lidiar con nadie".

"No te preocupes, Coltrane, dudo que sea tan malo que vamos a recurrir a tus habilidades superiores con armas de fuego".

"Entonces, ¿a qué recurrirá, sheriff?" Preguntó otro.

"¿Quién puede decirlo? Eres una especie de abogado, ¿no es así, Philips?

"Estaba en la facultad de derecho antes de que mi papá dijera que me necesitaban en casa para ayudar a pagar las cuentas".

"¿Pero sabes un poco sobre la ley?"

"Un poco. Estudié en Chicago. Una ciudad magnífica, te lo aseguro. Mi sueño era abrir mi propia pequeña oficina de abogados"

"Podría llamarte para que le expliques a nuestros abigarrados ladrones de bancos la enormidad de sus crímenes. ¿Qué te parece?"

Philips no pareció impresionado. Ignorándolo, Roose se volvió de nuevo hacia Búho Marrón. "¿En cuál dirección?"

En silencio, Búho Marrón montó en su poni y partió.

Disminuyendo la velocidad, Búho Marrón a la cabeza, avanzaron poco a poco a través del triste hilo que solía ser un río y frenaron cuando el explorador indio se deslizó de su montura al barro y levantó la mano.

Roose se inclinó hacia adelante. "¿Qué encontraste?"

Durante unos momentos de ansiedad, Búho Marrón continuó leyendo las señales, tan concentrado que parecía que no había escuchado la pregunta de Roose.

"Quizás no puede ver nada", dijo uno de los otros, bromeando con sus dos compañeros.

"Cállate, Knott", escupió Roose, "cuando tengas algo sensato que decir, puedes decirlo".

"¡No puede hablarme de esa manera, sheriff! Me ofrecí como voluntario para esto y puedo irme cuando quiera".

"¡Hazlo y te perseguiré y te meteré en la cárcel!"

El aire se volvió helado. Knott se enfureció, con el rostro arrugado en una mezcla de confusión e indignación. Sus compañeros apartaron la mirada y se quedaron callados.

"Tú eres lo que se conoce como un dictador", dijo Knott, con la voz quebrada.

"Y tú eres lo que se conoce como un idiota, ahora cálmate antes de que te derribe".

"Hay más", dijo el explorador, sin dejar de examinar los alrededores. "Alguien más estaba aquí, a pie. Luego, más pistas que conducen en dos direcciones". Se puso de pie y señaló. "Los jinetes fueron por ese camino. Son más de dos. El de a pie tomó otra dirección".

"Está bien", dijo Roose. "Visitaremos primero al que iba a pie. Es posible que pueda decirnos qué sucedió aquí. Chicos, mantengan su ingenio vivo con ustedes".

Como resultaron las cosas, no hubo necesidad de

ninguna precaución porque la pequeña cabaña con la que se encontraron no mucho después, con su pequeño huerto, su pequeño granero y su prado cercado, estaba vacía. Soplando sus mejillas, Roose dejó de golpear la puerta para mirar a sus hombres. "Parece que ahora seguiremos a los jinetes, muchachos".

Esta noticia no inspiró a nadie, pero sin embargo se alejaron, cabalgando detrás de Búho Marrón, que constantemente revisaba el suelo, hasta llegar a la subida que daba a un destartalado pueblo que parecía muerto.

Fue cuando escucharon los disparos.

CAPÍTULO ONCE

"**P**atear mis talones por este lugar no va a cambiar mi estado de ánimo", dijo Cole, revisando los papeles en el escritorio de su padre. "No puedo entender nada de esto".

"Lo haré, *señor* Reuben", dijo Marta, con la voz llena de dolor.

"La mayor parte se relaciona con negocios de ganado y caballos de hace media vida". Se sentó y miró el montón de papeleo con desesperación. "Marta, creo que la mayor parte de esto podría quemarse".

"Su padre era un gran acaparador", dijo ella, un poco animada por el recuerdo. "Creo que sintió que otro día podría necesitar estas cosas de nuevo, así que las guardó, por si acaso".

Pasando una mano por su cabello, Cole dio un largo suspiro. "Debería haber ido con Sterling. No estoy preparado para este tipo de cosas".

"Usted debe ir si cree que es su deber", dijo y señaló los papeles. "Yo puedo lidiar con esto".

"Creo que podrías hacer eso, Marta, si estás segura de que te parece bien".

Un pequeño rubor se extendió por sus mejillas. "Señor Reuben, esta es su casa ahora. Usted toma las decisiones".

"Bueno... Mira, he estado pensando. Has vivido y trabajado aquí casi toda tu vida". Notó que sus ojos se agrandaron y la forma en que de repente contuvo la respiración. Parecía estar preparándose para una mala noticia. Marta, si puedes, me gustaría que siguieras trabajando aquí. No soy muy de los que..."

Marta soltó un gran grito y se arrojó sobre él cubriéndole la cara de besos. "Oh, *señor* Reuben, pensé que me iba a despedir, ¡echarme!"

"Por favor, Marta". Se las arregló, con cierto esfuerzo, para liberarse de su abrazo. "¡Por supuesto que no voy a hacer eso! Te necesito, Marta. Ahora más que nunca".

Como si se diera cuenta de lo que había hecho, se echó hacia atrás, tapándose la boca con la mano y las lágrimas rodando por sus mejillas. "Señor Reuben, perdóneme, nunca quise..."

Reprimiendo su risa, Cole se puso de pie. "Oye, Marta, no te preocupes. Me conmueve un poco tu reacción". Sintiendo el calor en su rostro, tocó sus mejillas donde ella lo había besado. "¡Nunca voy a decir no a tus besos!"

Ella lo miró boquiabierta, y él se apartó y salió de la casa antes de decir nada más.

En la cárcel, el viejo Clancy Hughes se estaba mordiendo los pocos dientes que le quedaban cuando entró Cole. Vestido con pieles de ante y botas altas, con su Colt de Caballería en ángulo a través de su cintura para extraerla cruzando el, estaba listo para cruzar las llanuras una vez más.

Al verlo, Clancy se sentó muy erguido, desesperado por limpiar los restos de su cena de pollo. "Vaya, señor Cole. No le estaba esperando".

"Yo tampoco pensaba venir aquí".

Con el ceño fruncido, Clancy tuvo especial cuidado

con la botella de whisky casi vacía al lado de su plato. "¿Eh? No le entiendo".

"No importa. ¿Dónde está el prisionero?"

"En la parte de atrás. Doc Henson lo reparó muy bien. Uno de los otros heridos murió. No dijo una palabra".

Gruñendo, Cole atravesó la pesada puerta que se abría a un pasillo estrecho. Había cuatro celdas, tres de las cuales estaban vacías. En el otro extremo, a la izquierda, encontró al único ladrón de bancos superviviente acurrucado en una litera de madera hundida, con una manta raída que lo cubría. Cole apretó la cara contra los barrotes de la celda y tosió. El hombre no se movió. Cole levantó el aliento, su voz llenó la pequeña cárcel mientras gritaba: "¡Oye, cerdo, despierta!"

Sobresaltado, el hombre se dio la vuelta, olvidó la manta y se sentó, frotándose los ojos. "¿Quién en nombre de...?"

"Me llamo Cole, y estoy aquí para hacerte algunas preguntas, que te aconsejo que respondas con sinceridad. ¿Entiendes?"

"¿Preguntas?" El hombre, que no podía tener más de dieciocho años, pasó las piernas por el costado de la litera y se tapó la cara con las manos. "Señor, apenas puedo recordar mi propio nombre".

"Pero recuerdas haber disparado contra ese banco, ¿verdad?"

Levantó la cara y miró a Cole, el comienzo de un miedo real y notable se estremeció en su rostro. "Dudo que tenga mucho sentido negar eso".

"Dado que tenemos unos cien testigos, diría que fue sensato".

"Pero tengo pocos recuerdos de lo que sucedió. De hecho, muy poco. Recuerdo que me dispararon y golpeé el suelo, pero después de eso..." Él negó con la cabeza. "Lo siento".

"En lo que necesito que te concentres es en el hecho

de que la gente murió. Eso te convierte en un accesorio".

"¿Un qué?"

"Un accesorio. Significa que tú eres tan culpable de lo que sucedió como los hombres que apretaron el gatillo".

"No le disparé a nadie, señor, lo juro por Dios".

"Como dije, de acuerdo a la *ley*, tú eres tan culpable como cualquier otra persona".

"¡Pero no, eso no puede ser!" Se levantó de un salto y corrió hacia los barrotes, tan rápido e inesperado, que Cole se vio obligado a dar un paso atrás, con la mano instintivamente bajando hacia su arma. "Usted no puede hacer eso. Nunca maté a nadie en mi vida. Seagrams me dijo que íbamos a entrar y salir directamente, nada sobre asesinatos".

"¿Seagrams? Así que este Seagrams era su líder, ¿eh?"

Con el rostro ceniciento, el joven retrocedió unos pasos, con las manos en alto en señal de rendición. Claramente se había dado cuenta de un terrible error. "Yo nunca dije tal cosa. No lo conocía tan bien".

"Hijo, no tienes que preocuparte. Seagrams, si fue él quien dirigió el robo, está muerto".

El alivio del joven fue evidente. "Oh mi Dios".

"Pero había alguien más con él, en la oficina del director del banco. ¿Quién podría ser?"

"No lo sé, señor. Estaba afuera".

"Fuera o dentro, debes tener alguna idea".

"No, señor".

"Te diré qué, hijo, dame tu mejor apuesta sobre quién fue, y hablaré con el juez, le diré lo bien que cooperaste en nuestras investigaciones".

Siguió una ligera vacilación. El joven se mordió el labio, se dejó caer en la litera y se quedó mirando. Le tomó bastante tiempo antes de que su cabeza volviera a girar.

"¿Me lo promete? Me quitará eso, ¿qué era? ¿Accesorio?"

"Puedo hacer que desaparezca, hijo. Tan fácil como es".

"¿Lo jura?"

"Por Dios que es mi creador".

Esto tuvo el efecto deseado. El joven asintió con la cabeza varias veces y dijo, en voz baja: "Jonás. Fue el elegido por Seagrams, si lo pone de esa manera".

"¿Jonás quién?"

El rostro del joven se levantó. "Eso no lo sé, señor. Solo lo conocí como Jonás".

"Bueno, eso no me dice mucho. Dudo que pueda averiguar algo sobre él solo con eso. Pero no importa", bostezó exageradamente, "estoy seguro de que el juez hará lo que pueda... Pero sin promesas". Él sonrió, guiñó un ojo y se alejó.

"¡Espere!" Gritó el joven, corriendo de nuevo hacia los barrotes, aferrándose a ellos, con el rostro cerrado, el pánico escrito en cada línea. Falkin. Su nombre es Jonás Falkin". Tragó saliva. "Si usted cumple su promesa, yo también tengo algo más".

Arqueando una ceja, Cole se acercó y escuchó lo que el joven tenía que decir. Satisfecho, la sonrisa de Cole se ensanchó. Inclinó el ala de su sombrero y regresó a la habitación exterior.

Clancy se puso de pie cuando el explorador regresó. "¿Tienes lo que necesitabas?"

"Ciertamente lo hice. Supongo que sabe quién será el juez del juicio de ese chico"

"Creo que será el juez Hartley. Es duro. También es amigo personal del director del banco".

"Bueno, bueno, el mundo está lleno de sorpresas".

"No entiendo completamente lo que quiere decir, señor Cole".

"Está bien, Clancy. Solo significa que será un juicio rápido, eso es todo".

"Tiene la reputación de ser un juez de horca. Las confesiones, no significan nada para el juez Hartley". Sacudió la cabeza con un poco de tristeza. "No le doy muchas oportunidades a ese chico de allí".

Una sonrisa irónica. "No. Creo que probablemente tengas razón".

Sumido en sus pensamientos, Cole salió. Tendría que regresar al banco, la escena del crimen, y hacer algunas preguntas. Mucho más importante, necesitaba hablar con el gerente.

CAPÍTULO DOCE

"Eso es un tiroteo serio", dijo Norton. "¿Quizás deberíamos dar la vuelta y dirigirnos a Belén?"

"Lo hacemos, y te colgarán tan pronto como te vean".

"Ellos no me reconocerán".

"Si tu historia es cierta, te recordarán por el resto de sus vidas".

"Llevaba mi pañuelo en la cara".

"¿Es eso cierto?"

Él sonrió. "Es una especie de disfraz".

Estudió la película de sudor que cubría su frente, la blancura calcárea de su rostro, sus ojos tan apagados. "No estoy segura de que logres llegar a Belén. ¡Necesitamos atenderte ahora!"

"Lo lograré". Se estremeció bajo el grueso abrigo que lo envolvía.

Sonaron varios disparos. Cathy se inclinó hacia delante y entrecerró los ojos. Creyó ver algunas bocanadas de humo distantes, pero no podía estar segura. "Entraremos desde la otra dirección. Conozco la casa de Doc Farlow, así que podemos ir directamente a él. Independientemente de lo que esté sucediendo allí, podemos ignorarlo".

"¿Y si son ellos? ¿El resto de la pandilla, ayudando a Jonás para que lo curen?

"Si es así, todos podrían estar muertos después de todos esos disparos".

Él ladeó la cabeza. El silencio se apoderó del grupo de edificios rotos y decrépitos. "Parece haber terminado. Quizás lo que sea que estaba pasando ha terminado".

"¿Ya lo ves? No hay necesidad de preocuparse".

"Pero lo estoy", dijo, apretando el abrigo alrededor de él. "Si es Jonás el que está ahí abajo y me ve, estoy muerto. Quizás tú también. Si algún otro grupo ha disparado a la pandilla, deben ser tan malos como cascabel. Podría ser que sean incluso más peligrosos que Jonás y el resto de los chicos".

"Bueno, solo hay una forma de averiguarlo", y ella movió las riendas y giró la carreta en dirección oeste para entrar en la pequeña ciudad desde el lado opuesto.

Cathy enganchó el cochecito a un árbol caído y saltó. Comprobó el Henry.

"Tienes que tener cuidado", dijo en un susurro ronco.

"Descuida, lo haré. Simplemente siéntate y trata de mantenerte caliente". Ella le dio lo que esperaba que fuera una sonrisa tranquilizadora y se alejó arrastrando los pies.

"No te lleves el rifle. Déjalo conmigo".

"Dijiste que no estabas en condiciones de disparar".

Norton se encogió de hombros. "Si te ven con eso, dispararán primero y harán preguntas después de que estés muerta en el suelo".

Considerando sus palabras durante no más de dos segundos, asintió y le dio el Henry. Ella forzó una sonrisa y luego se volvió para irse.

Norton la preocupaba. Sabía que estaba a punto de

colapsar y era vital que lo llevara con el Doc Farlow lo más rápido posible. Lo que fuera que estuviera sucediendo en la calle principal debía ignorarlo en la medida de lo posible. No tenía sentido enredarse en los problemas de otras personas. Ella tenía mucho con los suyos. No se podía negar que los pensamientos y sentimientos corrían por dentro. Su lugar necesitaba un hombre, un buen hombre de confianza. No como Jude, borracho y mujeriego, sino erguido, capaz de quedarse y ayudarla con la propagación, especialmente ahora que se acercaba el invierno. Jude siempre odió el invierno, y cuando nevaba, Jude caminaba por la cabaña como un oso enojado. En cambio Norton no le pareció que fuera así. Independientemente de los crímenes en los que se había involucrado, a ella le importaba poco su pasado y estaba dispuesta a darle el beneficio de la duda. Si Norton era su verdadero nombre o no, le sentaba bien, y cuando lo arreglaran, ella le haría saber su propuesta.

Algo se movió delante de ella y se escondió fuera de la vista. Hubo voces, algunas ahogadas, pero una en particular en alto, "¡Muchachos, encadénenlos!"

Se estremeció al pensarlo, respiró hondo y avanzó poco a poco, manteniéndose cerca de la pared del edificio a su lado.

Un grito ahogado casi se le escapa de la boca cuando vio los escalones rotos que conducían a la casa de Doc Farlow. Con incredulidad, se puso de pie y se quedó boquiabierta y, casi como en un sueño, se alejó de la pared a la vista de todos los que miraban y miró hacia la parte superior de la escalera destrozada.

"Bueno, bueno, ¿qué tenemos aquí?"

La voz, mezclada entre diversión y sorpresa, la devolvió a sus sentidos y, girando la cabeza, vio a un hombre de aspecto anciano con un frac negro, mirándola con lascivia. Ella pensó que lo reconocía, pero no podía estar segura, hasta que él se acercó, la mirada lasciva se agrandaba con cada paso.

"Ed Rollins", dijo.

Se detuvo bruscamente, frunciendo el ceño. "¿La conozco, señorita?"

"Conocías a mi esposo, Jude". Su ceño se profundizó. "Jude Courtauld".

Lentamente su rostro se aclaró, la memoria se agitó. Ah, sí, Jude. ¿Eres su...? Bueno, bueno, Jude Courtauld. Nunca te mencionó, o si lo hizo, nunca dijo lo bonita que eres". Volvió a mirar a sus hombres atando los restos de los demás, algunos gravemente heridos por su aspecto. "Estoy en medio de algo en este momento, señorita Courtauld". Se volvió hacia ella de nuevo. "No tomará más de unos minutos, luego podremos hablar".

"Vine aquí para ver a Doc Farlow".

"¿Sabías? Bueno... Riendo, lanzó una mirada a la parte superior de las escaleras rotas. "Está algo indispuesto en este momento, pero estoy seguro de que podemos arreglarlo. ¿Estás enferma?"

"No, pero un amigo mío sí".

"Oh ya veo. Como dije, déjame terminar mi negocio y estaré contigo".

"¿En qué consiste su *negocio*, señor Rollins?"

"Es un asunto que no le concierne, señorita. Ahora, si me disculpa".

Se quitó el sombrero y se alejó, dando una especie de paseo a su paso.

Catherine se fundió en las sombras. El frío penetraba su abrigo, pellizcando su piel, y sabía que el tiempo apremiaba. Otra mirada a la puerta de Farlow le trajo solo una profunda sensación de tristeza.

CAPÍTULO TRECE

"**P**odrían ser los hombres que buscamos: los ladrones de bancos", dijo Roose, estudiando lo que había sucedido al final de la calle principal.

"Podría ser", dijo Coltrane, "pero también podría no serlo".

"Sólo hay una forma de averiguarlo", dijo Roose y fue a patear a su caballo hacia adelante.

"Espere, sheriff", interrumpió Knott. "Esto parece serio, y puedo ver a uno o dos de ellos en el suelo".

"Va a haber un colgado", dijo Philips.

"No pueden colgar a esos hombres", dijo Roose. ¡Son nuestros hombres! Es mi deber llevarlos de regreso a Belén para ser juzgados".

"Suéltelo de una vez, sheriff", dijo Coltrane, "vivo o muerto es lo que siempre dice en los carteles de recompensa. ¿Qué importa quién es el que mata?"

"Nuestros hombres, dice usted", intervino Knott. "No son mis hombres. Déjalos colgar es lo que digo".

"¡No creo haber cabalgado nunca con un grupo de ancianas lloronas como tú!" Roose miró significativamente a Búho Marrón. "Parece que solo somos tú y yo".

El explorador gruñó, sacó su Colt y comprobó su carga.

Coltrane ansiosamente paseó la mirada por sus compañeros. "¿Qué pretende hacer, sheriff?

"¡Algo que ustedes, muchachos, nunca podrían hacer!"

Roose sacó el Colt de Caballería de su funda, señaló con la cabeza hacia Búho Marrón y se puso en marcha, pateando con fuerza a su caballo, rompiendo en un galope completo, con Búho Marrón aullando y gritando detrás.

Los demás miraron con incredulidad durante unos momentos antes de que ellos también, aunque de mala gana y no tan rápido, espolearon a sus monturas para seguir a Roose y al explorador.

———

Tenían las muñecas de los tres hombres atadas detrás de ellos cuando Rollins salió de la calle lateral, riendo para sí mismo. Su diversión, si eso era lo que era, pronto desapareció cuando vio a cinco jinetes acercándose a todos ellos desde el otro extremo de la calle. Congelado por la indecisión, tardó demasiado en llamar a sus hombres. Incluso mientras giraban, los jinetes estaban entre ellos.

Rollins hizo todo lo posible por ponerse a cubierto. Aventuró su pistola mientras se dirigía a su derecha, pero la primera bala lo alcanzó en la parte posterior de la pierna. Cayó de rodillas, maldiciendo en voz alta. Mientras se giraba, las nubes de polvo oscurecieron lo que sucedía a su alrededor. Las armas ladraron, los hombres gritaron y los caballos estaban fuera de control. En la pesadilla arremolinada de confusión y sangre, Rollins recibió otra bala en la garganta. Cayó, gorgoteando sus últimos momentos en la tierra.

Sterling Roose logró controlar a su frenético caballo mientras se encabritaba, amenazando con desensillarlo.

Un hombre, disparándole salvajemente, no ayudó a la situación. Roose logró ponerle una bala, pero no antes de que otros dispararan a Búho Marrón desde la parte trasera de su poni.

Luchando por mantener sus emociones bajo control, Roose giró la cabeza. El explorador indio yacía de espaldas, rígido. El inconfundible reposo de los muertos. Apretando los dientes, Roose se dio la vuelta justo cuando Knott, con la pistola en llamas, recibió una herida en las entrañas. Se derrumbó, la angustia y el dolor arrugaron su rostro. Por un momento, Roose creyó que sobreviviría, pero dos disparos más le abrieron la cabeza en una enorme columna roja de sangre y cerebro.

A su alrededor, los hombres se movían y disparaban. Con poca idea de cuántos adversarios enfrentó, Roose continuó por puro instinto, midiendo sus tiros, haciendo todo lo posible para mantenerse en movimiento mientras disparaba. Poco éxito tuvo en su camino. Cuando Philips se estrelló contra el suelo, retorciéndose en sangre y agonía, Roose desmontó, rodando por el suelo, sin importarle dónde pudiera ir su caballo.

De rodillas, expulsó cartuchos y alimentó nuevos. A través de las nubes de polvo, los vio. Dos hombres, rifles en mano, moviendo las palancas como poseídos por un loco e incontrolable deseo de matar. Se tomó su tiempo, sabiendo que ahora debía aprovechar cada bala. Apuntó y disparó al primero de estos hombres en la cabeza. De pie y moviéndose rápidamente a su izquierda, puso tres más en el segundo, justo cuando éste estaba a punto de poner en marcha su Winchester.

Un silencio mortal cayó como un gran peso a su alrededor. Incluso los caballos parecieron quedarse en silencio conmocionados. Mirando a su alrededor, Roose recargó y esperó, con los sentidos alerta, listo para entrar en acción una vez más si fuera necesario.

"¡Oh Dios mío!"

Se volvió y vio a Coltrane caer de rodillas, con el rostro entre las manos, sollozando incontrolablemente. Ignorándolo, Roose probó cada uno de los cuerpos con la punta de su bota. Siete en total. Todos muertos.

Un grito agudo rompió el inquietante silencio y volvió a enfocar todo. En la calle lateral estrecha, una mujer luchaba en los brazos de un hombre, un hombre que tenía una pistola en su cabeza.

"Me vas a dejar salir de aquí", dijo, con la voz temblorosa de miedo, empujando el cañón con fuerza contra el costado de la cabeza de la mujer. Ella gimió, pero la pelea la estaba abandonando a medida que la desesperanza de su situación se aclaraba gradualmente. "Me la llevo conmigo, como seguridad".

Retrocedió y Roose observó, repasando sus opciones. No tenía muchas. Se dio la vuelta para intentar decirle algo a Coltrane y quedó paralizado de horror. Coltrane había cortado las cuerdas que sujetaban las muñecas de los hombres y ahora estaban libres, temblando y frotándose las manos. ¿Cómo podía Coltrane ser tan estúpido? ¿Había decidido simplemente, sin pensarlo seriamente, que esos hombres no eran los ladrones de bancos?

Como por una señal, el rostro de Coltrane se levantó, sus ojos se clavaron en Roose, y una amplia sonrisa se desarrolló lentamente mientras a su alrededor, los ladrones recuperaban armas de fuego de los cuerpos de los muertos. Uno de ellos, un mexicano de aspecto corpulento, puso una mano alrededor del hombro de Coltrane. Roose lo vio y supo. Por supuesto, todo tenía sentido. Los ladrones habrían necesitado a un hombre interno que les diera un conocimiento vital sobre el banco. Y ahí estaba, sonriendo como un loco, triunfo escrito en cada línea de su rostro traicionero.

Pero Roose no tuvo más tiempo para considerar más opciones. Otro grito de la mujer y se volvió. Sonó el disparo. Un solo boom de un arma de un calibre mucho más grande que una pistola. El hombre que sostenía a la mujer hizo una especie de implosión, con la cabeza envuelta por una espesa sangre que se hundió profundamente en su cuello. Su boca se abrió en un grito silencioso mientras se deslizaba hacia los lados y se derrumbaba en el suelo.

"¡Vamos!" rugió una voz desde el otro extremo de la calle. Un hombre, con un gran abrigo sobre los hombros, se paró frente a un pequeño carruaje, con un rifle Henry humeante en las manos.

Paralizada por el miedo, la mujer se quedó mirando al hombre muerto a sus pies. Estaba cubierta de su sangre y motas de hueso y cerebro. Roose, reaccionando rápidamente, corrió hacia ella, tomó la pistola del muerto, la tomó por la cintura y corrió con ella hacia el cochecito. El hombre del cochecito apuntaba con el Henry. "Ponla en la cima", dijo, "y date prisa".

Sin detenerse a debatir nada de lo que dijo el hombre, Roose tiró a la mujer al asiento mientras el Henry vomitaba fuego una vez más. Se arriesgó a echar un vistazo rápido. Los ladrones de bancos liberados avanzaban como un enjambre, incluido Coltrane, con las armas en la mano y el asesinato en los ojos. Roose tuvo la idea de tomar Henry y volarle la cabeza a Coltrane, pero tal acción tendría que esperar. Simplemente no había más tiempo. Pronto, los disparos de respuesta caerían sobre todos ellos.

Roose trepó al asiento. Así de cerca, el hombre del Henry tenía un aspecto espantoso. Fue un apretón ajustado, los tres aplastados juntos, pero Roose tomó las riendas y logró controlar al caballo, haciendo girar la carreta en un arco cerrado. Agradeció a todos los ángeles y santos que la carreta se colocó en el extremo más alejado del pasaje, lo que le dio suficiente espacio para maniobrar lejos de sus atacantes.

El hombre disparó dos rondas más antes de que varias balas llegaran zumbando hacia ellos. Con la cabeza gacha, Roose instó al caballo a seguir adelante con violentos movimientos de las riendas. Rompió en un buen galope, devorando la distancia entre ellos y los ladrones frustrados y gritando, sus revólveres disparando inútilmente, las balas cayendo muy cerca.

CAPÍTULO CATORCE

Cole se sentó en la oficina del director del banco, moviendo las piernas, ansioso por partir y averiguar qué estaba pasando. Junto a él estaban sentados otros dos hombres, vestidos con frac negros y pantalones a juego, con sombreros en el regazo, los brazos laterales prominentes, casi tan prominentes como las grandes insignias prendidas en sus solapas. Agentes Federales de Estados Unidos, ambos con aspecto sombrío y mezquino.

"El problema es, señor Cole", decía el mayor y mayor de los dos federales, "dado que el dinero robado era responsabilidad del gobierno, corresponde recuperarlo al gobierno de los Estados Unidos".

"Por cualquier medio que sea necesario", intervino el joven.

"Ustedes no conocen el territorio", dijo Cole calmadamente. "¿Cómo van a rastrear a cualquiera de ellos?"

"Lo contrataremos, Sr. Cole", dijo el mayor. "Le pagaremos mucho más de lo que le pagó el Ejército durante el tiempo que estuvo con ellos".

"¿Una tarifa diaria?"

"Por supuesto".

"Más una bonificación al terminar la tarea".

"¿Terminación? ¿Qué significa eso exactamente?"

"Cuando los encontremos y los traigamos de regreso aquí para ser juzgados".

El más joven se acercó a Cole. "Señor Cole, los llevaremos a Washington para ser juzgados. El gobierno está dispuesto a enviar una señal de que tales excesos no serán tolerados".

"Ya ve, todo lo que necesitamos que haga es encontrarlos para nosotros". Una sonrisa astuta. "Pero estamos de acuerdo en pagarle el bono".

Cole se reclinó en su silla, sacó una pequeña bolsa de lona de su chaqueta y se preparó un cigarrillo. "Estaba hablando con el único miembro de la pandilla que fue atrapado", dijo. "Me dijo algunas cosas y yo dije que hablaría bien de él".

"¿Cosas como qué?"

"Si se lo digo, necesito garantías de que él se salvará de la cuerda".

"Usted sabe que no podemos hacer eso".

"Eso me pone en una posición algo difícil. Verá, con lo que me dijo ese joven ladrón de bancos, se complican un poco las cosas".

"Entonces debes decírnoslo".

"No sin una garantía". Enrolló su cigarrillo y lo encendió. Sonrió al director del banco. "Usted es un amigo personal del juez Hartley, así lo entiendo".

El director del banco se puso ruborizado. "¿Cómo usted sabe eso?"

Un encogimiento de hombros. "Se corre la voz. También sé que había un infiltrado trabajando para los ladrones, dándoles información sobre el dinero del ferrocarril, cuándo sería pagado, cuánto era, todo eso".

"No veo cómo algo de esto sea relevante", dijo el mayor de los federales.

Bueno, escucha. Cuando doy mi palabra, la mantengo. Le di garantías a ese chico, así que si voy a acompañarlos, caballeros, quiero su palabra, y la suya", señaló con el dedo al gerente del banco," de que el muchacho tendrá un juicio justo. No participó en la matanza. Y, debido a la información que ha proporcionado, creo que se merece una reducción de pena".

"¡Eso es absurdo!" Dijo el gerente.

"No tengo acceso a ningún registro", dijo Cole, ignorando al hombrecito detrás del escritorio, "pero usted sí". Miró al federal mayor. Envíe un telegrama y averigüe lo que pueda sobre un hombre llamado Jonás Franklin. Es el nuevo jefe de la pandilla, ya que el original fue asesinado a tiros en la oficina del banco".

"Oh, Dios mío", dijo el gerente, volviendo a la memoria. Se puso de pie con dificultad, se acercó a un mueble bar en un rincón y, con dedos temblorosos, se sirvió un gran whisky.

"¿Un telegrama? Sí, puedo hacer eso ", dijo el mayor de los federales.

"Bien. En cuanto a la información privilegiada, quiero esas garantías".

"Señor Lister", dijo el mayor, señalando al gerente con la cabeza. "Si conoce a este juez Harley..."

"*Hartley*", dijo Cole.

"Sí. Hartley. Quizás pueda decirle al juez que este joven tuvo poco que ver con los asesinatos".

"No tuvo *nada* que ver con eso", dijo Cole.

El federal asintió levemente. "Entonces, se lo comunicará al juez, señor Lister. Si pudiera ser tan amable".

Lister apuró su vaso. "Muy bien".

"Entonces, ¿quién era el informante?"

"Un hombre llamado Coltrane".

Un graznido y Lister dejó caer el vaso. Se hizo añicos por el suelo. Parecía a punto de colapsar. "¡Él es mi asistente! No puede ser verdad".

"¿Por qué mentiría?" Preguntó Cole. Además, ¿cómo podía saber el prisionero ese nombre? Por supuesto que es cierto y tiene mucho sentido. Sabían el plan del banco, cuánto dinero habría... Quién sabe qué más. Fue Coltrane, no hay duda".

Pasando una mano por su cabello ralo, Lister se derrumbó en su silla. "Oh, todo esto es demasiado terrible". Sacudiendo la cabeza, sacó un pañuelo y lo usó para secarse la frente sudorosa. "Es uno de los hombres que se unió a la patrulla del señor Roose".

Ahora era el turno de Cole de reaccionar. Se puso de pie, olvidado el cigarrillo. "Entonces tenemos que movernos, caballeros. Y tenemos que hacerlo ahora, porque me temo que mi buen amigo, el sheriff Roose, podría estar en grave peligro".

"Prepararé los caballos", dijo el federal más joven, poniéndose de pie.

Y yo enviaré ese telegrama. El mayor señaló con la cabeza hacia el gerente del banco. "¿Cuánto se perdió, señor Lister?"

"Casi nada, aparte del dinero que los hombres tomaron de los cajeros y lo que el otro hombre en mi oficina logró agarrar después de que disparó a los demás".

"Y le salvó la vida".

Los ojos de Lister sostuvieron los de Cole. De hecho, sí, señor Cole. Dos alforjas que tenía. Una cuestión de quizás veinticinco mil dólares, estimaría".

"Es una suma considerable, señor Lister".

"Sí. Pero eran ladrones de bancos, después de todo".

El federal mayor se puso de pie, estrechó la mano de Lister y le indicó a Cole para que hablara con él afuera. Lister los vio irse, sus ojos se movieron nuevamente hacia el whisky que lo esperaba en el gabinete de bebidas.

"¿Necesitaremos más hombres?"

"No. Estaremos bien. Por lo que sabemos, es posible que Roose haya atado todo por nosotros, a menos que Coltrane lo atacara primero".

"Lo cual es una posibilidad", dijo el federal mayor.

"Sí. Eso es". Cole le dio una mirada mesurada. "Si

vamos a cabalgar, preferiría saber su nombre en lugar de llamarle federal".

"Mi nombre es Whit. Mi socio es el alguacil adjunto Simpson". Miró al cielo, apenas capaz de contener un escalofrío. "Hace frío, Sr. Cole. ¿Necesitaremos provisiones adicionales, mantas, tal vez?"

Y abrigos. Se pondrá bastante frío por la noche ahora que el clima se acerca. Hay nieve en el aire".

"Pero no estaremos en el camino por mucho tiempo, ¿verdad?"

"Eso depende".

"Muy bien. Le daré instrucciones a Simpson para que compre lo que necesitemos".

"¿Tienen rifles?"

"Winchesters".

"Es suficientemente. Me reuniré con ustedes en el Saloon, pero no tarden, por favor".

Cole bajó a la calle, desató su caballo de la barandilla de enganche y caminó hacia el Saloon, consciente de los ojos de Whit clavados en su espalda pero evitando el impulso de comprobar. En el Saloon, fue directamente a la barra y pidió un solo whisky y luego pidió que le llenaran una petaca. "Voy a tener frío", dijo a modo de explicación.

"Pensé que se había retirado, señor Cole", dijo el camarero.

"Yo también", dijo Cole, terminando su bebida. "Yo también".

CAPÍTULO QUINCE

Se las arreglaron para reparar los escalones lo mejor que pudieron. La madera parecía escasear, pero arrancaron varias tablas de un antiguo granero casi derrumbado y las moldearon para que encajaran en los huecos. Doc Farlow los miró desde arriba, sacudiendo la cabeza. Junto a él estaba Maisie, vestida únicamente con su mejor euskera, y los costados acanalados en forma de espina de arenque acentuaban su figura completa. Ella se rió, pero no pudo evitar la admiración de su voz cuando dijo: "¡Me gusta un hombre que se entrega al trabajo manual!"

Coltrane se pasó el antebrazo por la frente y le sonrió. "Y me gusta su apariencia, señorita".

"Mi nombre es Maisie".

Su sonrisa se ensanchó.

"El mío es Jeremías. Jeremías Coltrane. Encantado de conocerla".

"Oye, gringo", escupió Cruces, respirando con dificultad. "Necesitamos hacer esto si el Doc va a arreglarnos". Su herida no se estaba curando y rezumaba un líquido amarillo repugnante. En el suelo, a unos metros de distancia, yacía Jonás. Lo habían apoyado contra la pared del burdel cerrado y él también se veía sombrío, con el rostro empapado en sudor y los ojos en blanco.

Parecía consciente, pero si lo estaba realmente, no le informó a nadie, el único sonido que provenía de su boca floja, era un gemido largo y prolongado de vez en cuando.

Para cuando lograron crear una serie de escalones que funcionaran, Doc Farlow podía bajar lentamente, aunque dudaba ante cada crujido y gemido.

"Arréglelo primero", dijo Cruces, señalando a Jonás cuando el Doc finalmente pisó el suelo.

"Usted no se ve muy bien", dijo Farlow. "Muchachos, ayuden a estos hombres a ir al Saloon, junten algunas mesas y acuesten a ambos. Luego, obtengan mucha agua hirviendo y sábanas rotas. Dense prisa ahora, el tiempo apremia y estos chicos necesitan ser atendidos".

Les tomó algún tiempo. Cruces intentó caminar pero se derrumbó después de solo dos pasos. Maisie ayudó, tomando al mexicano por los pies mientras Coltrane y Farlow tomaban uno de sus brazos cada uno. Detrás de ellos, Len y Channi luchaban con Jonás.

Arreglando el Saloon, siguieron las instrucciones de Farlow, juntaron varias mesas y colocaron a los heridos encima. Mientras el Doc se retiraba a un cuarto trasero para organizar el agua, Coltrane fue al bar y pidió whisky por todos lados. Maisie, abanicándose con la palma de una mano, se inclinó a su lado. "Trabajo duro".

"Claro que lo es", dijo Coltrane y se bebió el whisky. Le deslizó un vaso hacia ella. Ella lo estudió por unos momentos.

"¿Cómo es que un hombre como tú ha venido a esta ciudad abandonada y ha matado a tiros al viejo Ed Rollins?"

"Ed Rollins se cruzó en nuestro camino. Vinimos aquí solo para descansar, nada más".

"Y esos otros, los que se fueron en esa carreta. ¿Quiénes eran?"

"Usted hace muchas preguntas, señorita".

"Le dije que el nombre es Maisie, señor Jeremías

Coltrane". Sonriendo, se llevó el vaso a los labios y tomó un pequeño sorbo. "Yo recuerdo el suyo. Si fuera un caballero, debería recordar el mío".

"Nunca dije nada sobre no ser un caballero".

Una sonrisa arrugó su bonito rostro. "Eso es lo que esperaba que dijera".

La puerta trasera se abrió y Doc Farlow entró con determinación en el rostro. Atrás quedó el viejo borracho de unas horas antes. Aquí estaba, el hombre que solía ser. Dirigió su mirada hacia Coltrane. "Necesitaré que usted y sus hombres sujeten a los pacientes. Maisie, si no es demasiado problema, trae suficiente agua. Tengo que lavar las heridas, extraer las balas y luego vendarlas. Llevará tiempo y será complicado".

Coltrane dejó escapar un silbido largo y grave. "Me alegro de que esté de nuestro lado, Doc".

"No se trata de bandos, se trata de salvar vidas. Puede que esté retirado, pero todavía recuerdo mi juramento. ¡Ahora manos a la obra!"

Y "ponerse manos a la obra" todos lo hicieron. Farlow trabajaba sin descanso, su cuerpo goteaba sudor a pesar del frío que entraba por las puertas del Saloon. El camarero mantuvo a todos bien abastecidos de whisky, Farlow incluso usó un poco para limpiar los agujeros de los que había extraído las balas. Jonás, ahora consumido por la fiebre, gritaba y se retorcía mientras Cruces, un individuo más resuelto y obstinado, se negaba a morir y se tragaba el dolor.

Se necesitaron más de tres horas para curar a los dos hombres. Jonás ya estaba inconsciente. Cruces, ahogado en alcohol, murmuraba incoherencias. Al menos ambos estaban vivos. Si tuvieran la suerte de pasar la noche, podrían volver a montar.

CAPÍTULO DIECISÉIS

No se podía decir lo mismo de Norton.

Roose redujo la velocidad de la carreta y la condujo bajo la cubierta de árboles bajos agrupados alrededor de rocas irregulares y cantos rodados. Saltando, estiró la espalda antes de echar un vistazo al herido Norton. La cabeza del hombre colgaba sobre su pecho, un rastro de saliva mezclado con sangre salía de la comisura de su boca. Roose levantó la cabeza del hombre por la barbilla y contuvo el aliento. "Ojalá hubieras podido llevarlo con el Doc. Está mal señorita. Muy mal".

Ella sollozaba, con la cara entre las manos. "Es mi culpa", dijo. Debería haberlo atendido mejor en casa, pero insistí en que fuera a casa del doctor. Una de las heridas estaba enconada y no tenía los medios... Miró al herido Norton y soltó un largo y estremecedor suspiro. "Él va a morir, ¿no es así?"

"Tal vez", dijo Roose. "Tal vez no. He visto a muchos hombres con heridas bastante graves, algunas mucho peores y se recuperaron. Es fuerte y joven, pero tenemos que sacar esa bala".

"Lo intenté, honestamente lo hice. Pero creo que solo logré obtener una parte, estaba tan profunda".

"Eso es lo que está causando la infección, creo.

Afortunadamente, ahora está inconsciente, así que podemos intentarlo. Ayúdeme a bajarlo".

El suelo estaba quebrado, seco y duro. Cathy trató de sacarle el máximo partido al desplegar una manta vieja. Luego ayudó a Roose a llevar a Norton al lugar más cómodo entre los árboles. Respirando con dificultad, Roose dio un paso atrás y estudió al joven. "Él es uno de ellos, ¿no?" Se volvió hacia ella, su rostro terso se arrugó en un ceño fruncido. "Uno de los ladrones de bancos que estábamos cazando".

"Sí", dijo inmediatamente antes de darse la vuelta, con los ojos bajos. "Lo encontré cerca de mi casa. Le dispararon. Me las arreglé para recuperarlo, lo atendí lo mejor que pude, pero no fue suficiente".

"¿Le dijo lo que había hecho?"

"Él me contó la historia, sí. No estoy seguro de que haya hecho cosas tan malas, señor. Me dijo que salvó al gerente del banco. ¿Es eso cierto?"

"No estoy seguro. Todo lo que sé es que son un grupo de forajidos asesinos, y ahora han matado a más personas. Incluido mi amigo. No puedo dejar que eso quede así". Tomó un respiro profundo. "Pero él nos ayudó allí. Yo tampoco lo olvidaré".

Se quedaron mirándose el uno al otro durante mucho tiempo, sin hablar, una especie de comprensión pasó entre ellos. Roose la veía como una mujer amable e indulgente, que poseía un verdadero encanto. Lo que ella estaba haciendo viviendo sola en el desierto estaba más allá de él. El hecho de que ella se hubiera preocupado por Norton le sugirió que estaba necesitada, desesperada por tener a alguien en su vida. Quizás por primera vez, pensó. Tal vez, como muchos colonos habían descubierto, el hambre y la enfermedad nunca estaban lejos en esta tierra dura e implacable. "Perdóneme, señora", dijo al fin, "¿no tiene familia?"

Parpadeando un par de veces, abrió y cerró la boca varias veces como si luchara por encontrar una respuesta adecuada. "No veo qué tiene que ver eso con nada", dijo al fin.

Roose levantó la mano. "Le ofrezco mis disculpas, no quise entrometerme. Me parece inusual que una mujer como usted esté viviendo una vida aquí por su cuenta".

"No tengo muchas opciones".

"Y luego venir a involucrarse en todo esto..."

"Se lo dije, mi casa está un poco lejos. Encontré al Sr. Norton casi muerto y me dijo que los responsables eran los mismos que estaban en la ciudad. Mi intención era llevar al señor Norton al Doc Farlow para curarlo". Ella dejó escapar un suspiro contundente. "Si debe saberlo, mi esposo murió no hace mucho. La fiebre se lo llevó. No fuimos bendecidos con niños, así que vivo sola".

"Es peligroso".

"Me las he arreglado para sobrevivir". Sus ojos se endurecieron. "A pesar de ser mujer".

"Señora", ahora levantó ambas manos en señal de rendición, "como digo, no deseo ofender".

"No, bueno, eso es lo que puede ser, pero ahora creo que debemos hacer todo lo posible por el señor Norton antes de que caiga la noche".

"De hecho", dijo, metió la mano debajo de la parte de atrás de su abrigo y sacó un pesado y afilado cuchillo, cuya hola brillaba bajo el tenue sol de la tarde. "¿Tienes agua?"

"Tengo dos bidones en la carreta".

"Y necesitaremos algo para vendarlo".

"Bien, usaré mi enagua".

Con el calor subiendo a su rostro, Roose asintió y se alejó. "Haré lo mejor que pueda, pero prepárese para ayudarme. Si se despierta, tendrá que sujetarlo".

"Estoy preparada para hacer todo lo que pueda".

Y Roose pudo ver por la mirada determinada en su rostro cuán veraces eran sus palabras.

. . .

Algún tiempo después, con el sol ocultándose en el horizonte, Cathy terminó de asegurar las vendas de Norton mientras Roose estaba sentado con la espalda apoyada en un árbol cercano, fumando. Después de desechar su chaqueta, su camisa blanca empapada en sudor, miró hacia la nada, perdido en sus pensamientos. El cuchillo Bowie estaba junto a él, todavía rojo por la sangre de Norton. Había trabajado tan rápido y con tanto cuidado como pudo, y finalmente logró sacar el resto de la bala. La herida apestaba, peor que cualquier otra cosa que pudiera recordar, y estaba seguro, a pesar de sus garantías anteriores, de que Norton no duraría toda la noche. Pero él hizo todo lo que pudo.

Cathy se balanceó sobre sus talones y soltó un gruñido de satisfacción. "Está durmiendo, gracias al Señor".

"Eso es lo mejor para él. Todo lo que podemos hacer ahora es esperar".

"Le dio fiebre cuando lo atendí por primera vez. Es débil. Temo por sus posibilidades".

"Trate de no preocuparse. Solo podemos ver lo que traerá la mañana".

Una leve sonrisa jugó alrededor de su boca. "Gracias señor. Aprecio su ayuda".

"Mi nombre es Roose. Soy el sheriff de Belén".

"¡Oh mi Dios! No me di cuenta".

"No hay razón por la que deba hacerlo. No recuerdo haberla visto nunca en la ciudad".

"Vivo a cierta distancia de la ciudad, sheriff, como le dije".

"Sí, por su cuenta".

"Me las arreglo sola".

"Eso también lo dijo". Señaló con la cabeza hacia Norton. "Podría ser que haya encontrado a alguien para aliviar la carga".

"¿Qué quiere decir con eso?"

"Nada". Estudió la punta encendida de su cigarrillo. "Necesitamos descansar un poco. Empezaremos temprano, pero temo que esos desesperados nos corten el paso antes de que regresemos a la ciudad".

"Ellos saben dónde vivo. Podrían pensar que podríamos dirigirnos hacia allí".

"Bueno, tenemos que intentar llegar a uno de los dos lugares. O vamos a la ciudad o hacia su cabaña".

"Hay otro lugar, sheriff. Lo he estado pensando. Aproximadamente a medio camino entre la ciudad y mi cabaña. Se trata de la pequeña propiedad de un amigo mío llamado Larry Grimes. Nunca pensarán en mirar allí. Podríamos descansar allí, y Larry podría ir a la ciudad y buscar ayuda".

Roose consideró sus palabras y no le parecía nada malo el plan.

"Entonces ahí es donde iremos", dijo, apagó el humo, se bajó el sombrero hasta los ojos y se quedó dormido.

CAPÍTULO DIECISIETE

Los dos alguaciles estaban sentados a horcajadas sobre sus caballos, ambos hombres envueltos en gruesos abrigos de búfalo, las partes de la cara que no estaban cubiertas por pañuelos estaban azules por el frío. Habían dormido irregularmente, girando y estirándose a cada momento, haciendo todo lo posible por encontrar algún tipo de consuelo que los ayudara a descansar. El frío se les clavaba profundamente en los huesos, el suelo era duro como el hierro y el sueño los evitaba. Finalmente lograron unas horas y se despertaron con el olor a café recién colado hecho por Cole, que parecía descansado y fresco.

Se fueron poco después, pero pronto Cole les indicó que se detuvieran. Saltando, colocándose a gatas, Cole buscó en el suelo, se sopló las mejillas y se puso de pie. "Es confuso", dijo por fin.

"¿Qué es confuso?"

"El número de pistas. Un buen número de caballos han pasado por aquí, pero estos de aquí", señaló vagamente con la mano sobre un terreno quebrado a su derecha, "son los de un poni, así que Búho Marrón estaba entre ellos.

"¿Cómo en nombre de la creación puedes decir eso?" Preguntó el joven.

"¿Cómo dijiste que te llamabas?"

"Simpson".

"Bueno, señor Simpson, he estado rastreando para el ejército desde antes de la guerra". Miró a través de la llanura hacia el horizonte distante, perdido en sus pensamientos por un momento. "Luché contra Comanches, Apaches y Arapahos. Me paré y miré esa loca procesión de soldados, mujeres, bandas y materiales de construcción de casas que salían serpenteando desde Fort Kearny en el sesenta y seis. Dijeron que no necesitaban exploradores, ya que la Platte Road que conduce a Bozeman Trail era bien conocida. Así que me quedé atrás y cuando llegó la noticia más adelante en el año de lo que había sucedido, me sentí más bajo que en cualquier otro momento de mi vida. Los Sioux la llamaron 'La batalla de los cien muertos', y eso fue precisamente lo que fue". Respiró hondo. "Así que sí, después de eso, hice un balance, cuestioné mi utilidad, pero luego surgieron más problemas con los Comanches y descubrí que mis días estaban llenos de rastrearlos y matarlos. Muchos salieron de las reservas. Muchos Kiowas también. Eran malos tiempos, señor alguacil adjunto, pero era un trabajo que hice y me retiré de él. Hasta ahora. Y así es como lo sé".

Se subió al lomo de su caballo y señaló en dirección noroeste. "Se dirigen en esa dirección. No estoy seguro de lo que hay ahí fuera. Hasta donde yo sé, es una tierra abierta y estéril con muy pocos asentamientos. Casi todo el oro ha sido extraído y las ciudades que prosperaron ahora están muertas y olvidadas. De cualquier manera, procederemos con precaución. Sterling ha ido tras ellos, con Búho Marrón, un rastreador tan bueno como cualquier otro. Pero esos hombres, los ladrones de bancos, son fríos y despiadados. Le advertí a Sterling, pero él es un hombre obstinado. Solo espero en el buen Dios que se encuentre bien". Sacó su bolsa de tabaco y procedió a liar un cigarrillo. "Un camino bien utilizado pasa no muy lejos. Va a ser simple de aquí en adelante. Sin embargo, todavía tenemos que estar alerta, así que mantengan el ingenio despierto".

Chasqueando la lengua, empujó suavemente a su caballo hacia adelante mientras encendía su cigarrillo, los dos federales se quedaron atrás, las palabras de Cole trajeron un silencio hosco a los dos.

CAPÍTULO DIECIOCHO

Cruces estaba despierto, sentado en una silla de respaldo alto, bebiendo whisky. Sus mejillas hundidas y sus ojos apagados eran los únicos indicios del trauma por el que había pasado, pero era fuerte. Coltrane, mirando al mexicano desde donde estaba sentado en otra mesa con Maisie a su lado, supo que Cruces estaría lo suficientemente bien para montar pronto.

A través de las puertas batientes, entró Doc Farlow apestando a alcohol, tambaleándose hasta el mostrador, golpeándolo con los puños y pidiendo otra copa. El camarero, un hombre llamado Sefton, negó con la cabeza, limpiando la superficie del mostrador en busca de algo que hacer. "Ya ha tenido suficiente, Doc".

"¡Al diablo con eso!" escupió el viejo médico. "Mi dinero es tan bueno como el de cualquiera, ahora dame un trago".

"No".

Farlow lanzó un salvaje puñetazo que Sefton esquivó fácilmente. Agarró la muñeca del anciano, la retorció brutalmente, le dio la vuelta y lo empujó a través de la habitación. Farlow se estrelló contra la mesa de Coltrane y cayó al suelo.

Maisie se puso de pie de un salto, se puso las manos

en las caderas y lo miró. "¡Doc, es una vergüenza! ¡Vaya a darse un baño y póngase sobrio!"

Farlow murmuró un bocado de insultos y usó las palmas de las manos para levantarse. "Sabes lo que puedes hacer, ¿no es así, Maisie?" Él la miró con ojos nublados e inyectados en sangre. "¡Lo que teníamos era algo especial, ahora te has ido y te has alojado con esa rata asquerosa!"

"Ahora espera", dijo Coltrane, con un tono peligroso arrastrándose en su voz. "Estamos muy agradecidos por lo que ha hecho por Cruces y Jonás, pero no tiene por qué hablar así. Supongo que depende de Maisie con quién quiera estar".

"Ella es mía", dijo Farlow, poniéndose de pie. Se balanceaba de un lado a otro, con las piernas como de goma, la boca babeando a través de los labios flácidos. "¿Me escuchas? ¡Mía!"

Sin previo aviso, Maisie embistió en línea recta con la izquierda en la nariz del anciano. Chillando, se tambaleó hacia atrás, con las manos apretadas a la cara, la sangre goteando entre sus dedos. Ella dio dos pasos hacia él, le clavó la rodilla en la ingle y lo derribó con una cruz de izquierda que habría agraciado el repertorio de cualquier boxeador.

Coltrane silbó y Cruces se echó a reír, una explosión que pronto se convirtió en un gemido de dolor punzante y real. Agarrándose la pierna, se dobló, jadeando, "¡Oh Santa María, no necesito este tipo de entretenimiento!" Miró hacia arriba. "Fue muy divertido, pero duele".

"¿Por qué eres tan dura con él, Maisie?" Era Sefton, que venía de alrededor del mostrador, se agachaba y acunaba la cabeza de Farlow. "¿Pensaste que tú y él tenían algo?"

"Sef, aparte de ti, era el único hombre aquí que aún podía estar de pie, y mucho menos cualquier otra cosa". Una sonrisa tímida se extendió por su hermosa boca. Se volvió hacia Coltrane. "Hasta que obtuve una oferta mejor".

Todos se rieron cuando Coltrane tomó a Maisie de la mano y la llevó a una de las habitaciones de arriba.

Después, ambos se acostaron bajo las sábanas, Coltrane fumando, Maisie mirando al vacío. Finalmente, ella se volvió hacia él. Le pasó un brazo por los hombros y tiró el cigarrillo al piso.

"¿Cuáles son tus planes?" Preguntó, la voz pesada por el sueño.

"Difícil de decir".

"Haz un esfuerzo".

Tensó el cuello para volverse hacia ella. "Seguro que te gusta hacer preguntas".

"Y seguro que no te gusta contestarlas".

Él rio. "Cierto. Viene con mi naturaleza suspicaz. Es lo que me ha mantenido con vida todos estos años".

"Pero tú no eres como el resto. La forma en que te vistes. No llevas arma. No te veo como un ladrón de bancos".

"Eso es porque no lo soy. Yo era el 'hombre de adentro', si quieres decirlo de esa manera. Conocí a Seagrams hace años, y nos pusimos a pensar en cómo podríamos salir adelante en esta vida, ganar algo de dinero. Ahora está muerto y yo me quedo con los restos de su banda. Pero tienes razón, no soy un ladrón de bancos ni un pistolero, a diferencia de Cruces y Jonás".

"Jonás. Es el otro herido, el que está muy mal".

"¡Él está realmente mal, en más formas de las que puedes pensar! Una vez que se despierte y recupere sus fuerzas, no se tomará muy bien lo que ha sucedido".

Se incorporó sobre un codo, pasando el dedo de la otra mano por los apretados y rizados pelos de su pecho. "¿Qué crees que hará?"

"Soplar su parte superior". Él se rió entre dientes.

“No tenemos dinero de esa redada bancaria. Norton, les disparó a Seagrams y Jonás. El dinero que obtuvimos no fue más que unos pocos dólares y centavos. Todo se ha ido, y Jonás estará ansioso por conseguir más. Una vez que sepa que Norton está vivo, querrá localizarlo y matarlo. También a esa mujer y el sheriff que lo ayudaron”.

“Eso no les hará ganar más dinero”.

“Es cierto, pero Jonás no es alguien con quien se pueda discutir. Lo que él dice que sucederá, sucederá”.

“¿Qué pasa si le demuestras que has logrado ganar algo de dinero? Tal vez eso lo calme, entonces...” Ella sonrió. “No mezclaré mis palabras. Quiero que nos vayamos a California, empecemos de nuevo. Tú lo sabes”.

“Sin dinero, no será posible”.

“Lo cual es en lo que estaba pensando. Tengo una idea”.

“¿Ah, de verdad?” Arqueó una ceja. “¿Qué, en esta vieja ciudad y en ruinas, hay un banco lleno de oro hasta la azotea? ¿Es así?”

“No exactamente. Esta ciudad fue próspera una vez y la diligencia la atravesaba. A pesar de que la ciudad está casi muerta, la diligencia aún llega y eso será en dos días”.

“¿Una diligencia? ¿Cómo nos va a ayudar eso?”

“Porque este viene de Denver. Es la línea principal hasta Santa Fe. Está lleno de dinero. Podrías robarlo en las afueras de la ciudad, dividir el dinero y tú y yo nos vamos al oeste. ¿Qué opinas?”

“Suena fácil”.

“Es fácil”.

Coltrane le desenredó el brazo, sacó las piernas de debajo de las mantas y se sentó en el borde de la cama pensando. “¿Esto es genuino?”

“Absolutamente”. Ella se acercó y le masajeó el cuello. “Podríamos estar en California, buscando un lugar para comprar en dos semanas”.

“¿Cómo es que no has hecho esto antes?”

"¿Qué, con quién? ¿Doc y Sefton? Rollins no estaba interesado. De hecho, sus muchachos solían montar con la diligencia como una especie de protección, por lo que la compañía le pagaba generosamente. No, nunca ha habido nadie aquí con quien pueda compartir mis sueños". Ella le acarició el cuello con la nariz. "Hasta que llegaste tú".

Un zumbido lo recorrió y se volvió, tomándola en sus brazos, besándola apasionadamente. "Se lo diré a los demás. ¿Dos días dices?

"Normalmente llega a media tarde. Luego pasan la noche para que los caballos descansen. Si les tiendes una emboscada en la pradera, no tendrían ninguna posibilidad".

"Está resguardada, ¿dices?"

"Ahora que Rollins y sus hombres están muertos, no hay nadie, excepto el jinete armado. Tus muchachos no tendrán problemas. Entonces todos seremos ricos".

La abrazó contra él, besando sus mejillas y su boca. "¿Dónde has estado toda mi vida?"

"Justo aquí. Esperando".

Riendo, ambos cayeron de nuevo en la cama.

CAPÍTULO DIECINUEVE

En algún lugar, un gallo dejó clara su presencia cuando la pequeña carreta entró en el patio delantero de la casa de Larry Grimes. Un edificio un tanto caótico con marcos de ventanas mal ajustados, paneles de pared deformados y de formas toscas, y una puerta que parecía estar a punto de derrumbarse, parecía ser el producto de un carpintero inexperto. Su techo se hundía bajo el peso de un enorme nido de pájaros. Cuando Roose detuvo el carro, pasó unos momentos mirando el edificio con incredulidad. "¿Es esto lo que recomendaste?" Preguntó.

"Hasta donde yo sé", dijo Cathy, saltando del asiento. "Nunca había estado aquí antes, pero él siempre habla de eso".

"¿Quieres decir que quiere que la gente sepa que vive en...? *¿Esto?*"

"Oh, creo que está muy orgulloso de haberlo construido todo él mismo".

Roose se pasó la mano por la frente y echó el sombrero para atrás. "Construido no es la palabra que usaría, si soy honesto".

"Bueno, intenta no mencionarle eso a Larry. Es un hombre de carácter tranquilo que se toma las cosas muy en serio, y de corazón".

Cruzó hacia los escalones del porche, haciendo una pausa por un momento antes de poner un pie vacilante tras otro. Roose la miró y sonrió. Era una mujer cautivadora, cabello revuelto y ojos que bailaban en un rostro delgado y terso. ¿Cómo se las arreglaba una mujer así para mantenerse sola en esta tierra? Se preguntó. Tenía que haber una cola de una milla de pretendientes ansiosos por tener la oportunidad de compartir sus vidas con ella. En otra vida, ¡podría unirse a ellos!

Un gemido a su lado lo devolvió al presente. La cabeza de Norton se desplomó sobre su pecho. Su respiración era irregular, la pechera de la camisa del hombre estaba manchada de sangre que goteaba de su boca. Si el veneno se había infiltrado en su sangre, Roose sabía que las posibilidades del hombre eran escasas. Lo había visto antes, muchas veces. Un médico del ejército le contó cómo los profesores de medicina de Inglaterra habían descubierto por qué la gente moría por heridas en brazos y piernas. Todo tenía que ver con el envenenamiento de la sangre. No empezó a entenderlo, pero vio el sentido en ello, cómo un toro adulto, baleado en el muslo, podía ser sacado del campo, vestido, cuidado y morir tres días después en agonía retorciéndose... Recordó al viejo Bert Howel, con un disparo en el hombro por una flecha Shoshone, cómo lo atendió, y al día siguiente, allí estaba Bert, cubierto de sudor, gritando como un demonio desde las entrañas del infierno y muriendo, justo ante los ojos de Roose... Era una imagen grabada a fuego en su cerebro. El viejo Bert era un buen hombre, un buen rastreador también. Aprendió su oficio de los muchachos Kiowa que trabajaban para el ejército. Vida y muerte. Esta tierra nunca te dio una pulgada. A ninguno de nosotros.

"¿Señor Roose?"

Roose giró bruscamente la cabeza y se encontró mirando a un hombre alto y demacrado con una mata de cabello rojo, ojos verdes amistosos arrugados en una sonrisa y una mano derecha extendida. "Soy Larry Grimes, encantado de conocerle". Roose tomó su mano y la estrechó, impresionado por el fuerte agarre. "Lo reconozco como el sheriff de Belén, pero no creo que nos hayan presentado correctamente".

"Es un placer conocerlo, señor Grimes. Ahora, si puede, ayúdeme a bajar a este compañero antes de que se caiga".

Sin una palabra, Grimes hizo lo que se le pidió. Juntos, llevaron a Norton al edificio desigual que Grimes llamaba hogar. Fue una especie de lucha para Grimes, como notó Roose. La cojera del hombre parecía empeorar con cada paso. A ambos les llevó poco menos de diez minutos acomodar a Norton en una cama en el segundo dormitorio. Roose lo desnudó y lo bañó. Cathy luego cambió sus vendajes. Grimes estudió todo desde la puerta, su voz sonó seria cuando dijo: "No se ve muy bien, tampoco esa herida no huele demasiado bien".

"Tenemos que lavarla de nuevo", dijo Roose. "¿Tiene whisky?"

"Aproximadamente la mitad de una botella. Pero necesitaremos más que eso. Más que agua limpia y vendas también. Necesitamos ayuda, ayuda médica".

"Larry", dijo Cathy, tomándolo del brazo y alejándolo un poco de la cama. "Ya estuvimos con el Doc Farlow".

"¿Farlow? Querido Dios, Cathy, ese hombre no ha practicado en años. Es un borracho y un tonto para empezar. ¿Por qué no fuiste a ver a Doc Henson en Belén?"

Respiró hondo y se volvió hacia Roose en busca de apoyo. El sheriff asintió con la cabeza.

"Es una historia complicada, Larry. ¿No te importaría escuchar?

"Seguro que quiero escuchar. Quiero saber qué está pasando".

"Está bien, entonces te la contaré".

Y así, Grimes escuchó lo que Cathy tenía que decir.

Roose se mantuvo ocupado con Norton, limpiándose la frente febril con un paño, con un oído escuchando los detalles de la historia para que él también pudiera comprender mejor.

Cuando terminó, Cathy lanzó un suspiro largo y bajo. El volver a contar parecía haberle quitado mucho y se trasladó a una pequeña silla de mimbre que estaba en un rincón. Ella se hundió en ella. "Las cosas pasaron tan rápido", le dijo a nadie en particular.

"Un momento estaba en el campo, cuidando mis verduras, al rato siguiente estaba hasta el cuello en sangre y balas. ¿Cree que él lo logrará, señor Roose?

"No estoy seguro", dijo Roose, sin volver la cabeza, toda su concentración en Norton, preocupado por su respiración. "Creo que lo que sea que lo está comiendo se ha metido en sus pulmones. No tengo esperanzas a menos que podamos obtener ayuda".

"Yo iré", dijo Grimes. Está claro que estos sinvergüenzas quieren a Cathy y a él muertos, por lo que seguramente los seguirán hasta aquí. No soy bueno con un arma, pero supongo que tú lo eres". Hizo un gesto hacia el Colt en la cintura de Roose. "Tengo un rifle Sharps en la parte de atrás. Era de mi papá de sus días de guerra. Sirvió con la Caballería".

"Un Sharps sería bueno", dijo Roose, mirando a Cathy. "Con su Henry, podemos mantenerlos a raya durante bastante tiempo hasta que el señor Grimes traiga ayuda".

"Sí", dijo, "veo el sentido en eso".

"Si voy ahora, regresaré mucho antes de la puesta del sol".

"Si encuentre a un hombre llamado Cole. Reuben Cole, ¿entiende? Dígale que estoy aquí y que necesito su ayuda".

"Sí, señor. Lo haré". Sonrió y se acercó a una hilera de ganchos en la pared junto a Cathy. Bajó un grueso abrigo forrado de piel y pasó los brazos por las mangas. "¿Estás segura de que estarás bien aquí, por tu cuenta?"

"No estoy exactamente por mi cuenta, Larry". Ella sonrió. "Pero gracias por preguntar".

"Cathy, después de que esto termine, tal vez podamos hablar".

Sí, Larry. Eso sería bueno".

"Espero que ese joven lo logre", y luego se fue. Desde donde estaba sentada, Cathy podía verlo cojeando por la puerta principal hacia el día frío y brillante. "Es un buen hombre", dijo. "Nunca me preguntó por qué".

"¿A qué se refiere?"

Se volvió hacia Roose. "Por qué quiero que el señor Norton viva".

"Es un acto cristiano, señora".

"¿A pesar de que él es un ladrón y todo eso?"

"Bueno, por lo que se cuenta, le salvó la vida al director del banco, así que no creo que sea tan malo". Se sentó, los ojos todavía clavados en la frente febril de Norton. "¿Sabe que el señor Grimes está enamorado de usted?"

Si pensaba que esto podría provocarle alguna reacción, Roose estaba equivocado. Ella simplemente se encogió de hombros y una pequeña sonrisa apareció en su boca. "Lo sé desde hace algún tiempo".

Roose sacudió la cabeza y volvió a secar el sudor de la cara de Norton. "Nunca entenderé a las mujeres", dijo.

Más tarde, con Roose sentado en el porche fumando, con los objetos punzantes en la rodilla, Cathy, sin tener idea de lo que estaba ocurriendo a muchas millas de distancia, se sentó con Norton. Se había recuperado un poco, el whisky había limpiado gran parte del pus de su herida. Lo que quedaba de alcohol en el fondo de la botella, lo bebió, y ahora su sonrisa era cálida y amplia. "Gracias", dijo, apretando su mano.

Sintió el calor subir hasta la línea de la mandíbula, pero en la penumbra de la pequeña habitación, iluminada por una única lámpara de aceite en la esquina, supo que él no podía ver. "No hice mucho. El Sr. Roose ayudó más que yo al traerte aquí".

"No estoy seguro de dónde estoy".

"El lugar de un amigo. Ha ido a buscar ayuda".

"Recuerdo que disparé y recuerdo haber visto la cara de Channi. No mucho más".

"Nada más importa. Estás aquí y estás a salvo y pronto estarás mejor".

Su sonrisa cambió, de calidez a casi una mueca. "No estoy seguro de que eso sea cierto, Cathy. Puedo sentirlo, en el fondo. El veneno. Escuché lo que dijo el sheriff. Es como una serpiente, retorciéndose alrededor de mis entrañas".

"No hables de esa manera. Larry traerá de vuelta al doctor Henson y él..."

"Escucha", apretó su agarre, "quiero decirte algo, mientras mi mente todavía está clara".

"Sea lo que sea, puede esperar. Necesitas recuperar tus fuerzas".

"No, no puede esperar. Tomé dinero".

Su corazón casi se detuvo. Por un momento, no supo cómo reaccionar. "¿Dinero? ¿Del banco?"

El asintió. "Llené dos alforjas. Los puse dentro de mi saco de dormir, no se lo dije a ninguno de los demás. Todos estaban conmocionados por lo que había sucedido, por lo que nadie se dio cuenta. Luego, cuando apareció Jonás, corrí y me detuve solo para enterrar el dinero antes de llegar al arroyo junto a tu casa. Donde me atraparon y me dejaron por muerto".

Con la boca entreabierta, las imágenes que sus palabras evocaban pasaron por su mente. "Pero quieres decir... ¿Lo enterraste?"

"Algo así como diez mil dólares".

"*Diez mil...*" Su mano libre voló a su boca. "Oh mi Dios. ¿Diez mil dólares? ¿Está seguro?"

"Bueno, solo puedo adivinar. No tuve tiempo de contarlo con cuidado. Pero es mucho, Cathy. Suficiente para que tú puedas tener una buena vida".

"¿Una buena vida *para mí*? ¿Qué estás diciendo?"

"Estoy diciendo que es tuyo. ¿Lo entiendes? Consígueme una hoja de papel y, mientras pueda, dibujaré un mapa. Es fácil de encontrar, lo prometo". Su rostro se arrugó levemente. "Consígueme un papel, por favor".

Salió a la sala principal, rebuscó en una cómoda y no encontró nada. En el dormitorio de Larry, se encontró con algunos libros viejos gastados. Ella sonrió ante eso, sabiendo que Larry tenía otros intereses además de administrar su tienda de mercancías. Era un hombre de cierta profundidad. Aun así, los libros tenían el único papel disponible. Arrancó la portada de uno, buscó un lápiz y regresó a Norton. Gruñendo su agradecimiento, dibujó un mapa aproximado y se lo entregó. "Sigues esta ruta y el dinero está ahí en dos alforjas. Al menos algo bueno saldrá de todo esto".

"Pero no quiero aceptarlo... Te vas a poner bien. Entonces podemos devolverlo. Eso sería lo correcto".

"No. No, no lo haría. Ese gerente del banco, es un ladrón. Sabía lo que estaba pasando, estoy seguro. Lo que hará, hará un reclamo fraudulento, diciendo a los dueños del banco que se llevaron más dinero del que realmente se obtuvo".

"No puedo creer eso".

"Puedo. El hombre es una comadreja. De cualquier manera, quiero que tengas ese dinero. No le cuentes a nadie, Cathy. Sigues mi mapa y te quedas con ese dinero. Lo tomas y te construyes una vida, una vida que puedes..." Él se convulsionó con un ataque repentino de tos violenta. Ella lo abrazó, rezando para que se detuviera. Cuando finalmente lo hizo, se hundió entre las almohadas, exhausto.

Cathy se sentó, mirándolo caer en un sueño profundo pero inquieto. Ella se quedó a su lado durante mucho tiempo.

CAPÍTULO VEINTE

Cruces se sintió rígido y de mal humor. Junto con los demás, había estado sentado encorvado entre un enorme afloramiento de roca durante lo que parecieron horas después de escuchar el plan de Coltrane con respecto al escenario. A regañadientes, habían cruzado la cordillera, hoscos y silenciosos. Ahora, sin embargo, tanto Channi como Len murmuraban para sí mismos, un ruido que Cruces encontraba más irritante que apretarse entre las rocas. "¿No pueden callarse ustedes dos?" dijo al fin, el dolor en la pierna empeoraba a cada segundo. Algo no iba bien y sospechaba que Farlow no había hecho un trabajo tan bueno como había dicho el viejo Doc.

"¿Cómo sabemos que esto es genuino?" Preguntó Channi al fin.

"Sí", intervino Len. "¿Quién le dijo a Coltrane sobre esto? ¿Su nueva mujer? ¿Cómo sabemos que está diciendo la verdad?"

"No lo sabemos", dijo Channi. "¿Y cómo es que Coltrane no está aquí con nosotros?"

Está con esa mujer, esa es la razón. ¡No ha dejado su cama desde que la vio por primera vez!"

Ambos se echaron a reír. Cruces los miró pero no se unió. Estaba cansado y su pierna le dolía como un pecado. Tomando aire con los dientes apretados, creyó oír algo. Él espetó, "¡Silencio!" Y luego se esforzó por escuchar.

Los demás se callaron.

Con los sentidos alerta, el cuerpo tenso, Cruces empujó el latido de su pierna al fondo de su mente y se asomó por encima de la cima de la roca detrás de la cual estaba sentado. El escenario, nada más que un espectro en el horizonte, estaba en camino, con grandes nubes de polvo arrojadas a su paso. "Ya viene", dijo y sacó su arma para comprobar la carga. "Prepárense".

Los demás lo hicieron sin discutir, repitiendo las acciones de Cruces. Un nuevo nerviosismo se apoderó de ellos, una urgencia por terminar con esto. Cruces calmó la respiración y se inclinó hacia el Winchester apoyado contra la roca. Accionó la palanca. "Prepárense para salir corriendo tan pronto como le dispare al guardia".

"¿Algunos escoltas?"

"Ninguno que yo pueda ver. Debe ser cierto lo que dijo Maisie sobre Rollins. Todos sus hombres están muertos o se han ido a buscar trabajo a otro lugar". Apoyó con cuidado el Winchester sobre la roca y entrecerró los ojos a lo largo del cañón. "No soy muy bueno con esto, chicos, así que prepárense".

"Ahora lo viene a decir", murmuró Len.

"Lo haces tú, Len", dijo Channi, "eres el mejor de nosotros".

"Puedo hacerlo", gruñó Cruces, con un ojo cerrado mientras enfocaba su objetivo. "Solo tengo que..."

La diligencia apareció inexorablemente, los que estaban a bordo sin percatarse de lo que estaba a punto de desatarse.

Ellos no tuvieron que esperar mucho.

Cruces despachó la primera ronda.

La bala pasó inofensivamente por encima de la cabeza del guardia armado, quien inmediatamente gritó. El conductor tiró hacia atrás del equipo de caballos, frenándolos. "No", gritó el guardia, "¡haz que se muevan más rápido! ¡Más rápido, digo!"

Una segunda bala pasó bastante desviada. Una gota de sudor bajó de la ceja de Cruces hasta su ojo. Maldiciendo, Cruces movió la palanca y disparó cuatro rondas más en rápida sucesión, ninguna de las balas alcanzó la marca deseada.

En un segundo, Len le arrebató el Winchester de las manos de Cruces y se puso de pie, apuntando con cuidado.

El conductor, presa del pánico, hizo restallar el látigo y los caballos echaron a galopar salvajemente.

Len disparó, y la bala alcanzó al guardia en el pecho, arrojándolo desde la plataforma al suelo.

"Ah, demonios, Cruces", escupió Channi, poniéndose de pie de un salto, "¡esto se está convirtiendo en un gran lío!"

Salió corriendo al campo abierto sin pausa, disparando su arma al aire mientras la diligencia se abalanzaba sobre él. Mientras tanto, Len cargaba afanosamente el Winchester. Cruces se sentó, mirando fijamente a la nada, ambas manos temblando incontrolablemente. Ignorándolo, Len se acercó a Channi, le puso la culata de Winchester en el hombro y gritó: "¡Detente o dispararé!".

El conductor no necesitó más estímulo y detuvo a los caballos.

Disminuyendo la velocidad, los caballos finalmente se detuvieron, los flancos agitados, los ojos muy abiertos y salvajes. El conductor, parloteando, levantó ambas manos y dijo: "¡No disparen!"

Mientras Channi sujetaba las riendas, haciendo todo lo posible por calmar a los caballos, Len se acercó al escenario. "Todos afuera", dijo y señaló con su Colt en dirección al conductor. "Tú, ¿dónde está la caja con el dinero?"

"En el techo", respondió el conductor, con las manos aún en alto.

"Tírala al suelo, luego baja aquí también".

"¡Está cerrada con candado!"

"Me importa un carajo. Tírala. No te lo volveré a preguntar".

Girando en su asiento, el conductor gateó hasta el techo y aflojó las correas de cuero que mantenían la caja en su lugar. Era cuadrada, hecha de hierro fundido de color verde oscuro, y luchó para inclinarla hacia un lado. Sudando, se las arregló para volcarla por el borde y se estrelló contra el suelo con un golpe sordo y hueco.

Len dio un paso atrás cuando los pasajeros se desparramaron. Tres hombres y una mujer, todos aterrorizados, con las manos en alto. "Está bien", dijo Len, "vacíen sus bolsillos de cualquier cosa de valor. Dense prisa, ahora". Volvió la cabeza, "Cruces, sal de aquí, ¡lo siento, pedazo de basura!"

Al salir de detrás de las rocas, Len pudo ver que Cruces había cambiado. Quizás fue su fracaso con el Winchester, quizás fue la herida en su pierna, pero había algo que no estaba del todo bien con él.

"¿Cruces?"

Uno de ellos, un hombre pequeño con gafas y traje azul oscuro, aprovechó la oportunidad y echó a correr. Llegó hasta el guardia herido, que estaba rodando tratando de alcanzar su escopeta.

Len gruñó: "Esto es todo lo que necesito".

Pero fue Cruces quien reaccionó. Sacando su revólver, avanzó a grandes zancadas y disparó dos balas en la espalda del hombre que huía. Luego apuntó con su arma al guardia y le disparó limpiamente en la cabeza. Girando, regresó al escenario. "Lo siento, Len. Lo arruiné".

"No, no, Cruces, no lo hiciste, simplemente no eres bueno con un Winchester, eso es todo".

"No, lo arruiné y lo arreglaré". Apuntó con su arma a

los pasajeros restantes. Antes de que ninguno de ellos se diera cuenta de lo que estaba a punto de suceder, los mató.

"Ah, Cruces", dijo Len en voz baja, "no había necesidad de..."

"Había todas las necesidades", dijo Cruces, con un escalofrío recorriendo sus hombros. Abrió su arma y expulsó los cartuchos gastados. Recargó rápidamente. "Me equivoqué y no volverá a suceder".

Giró el brazo de la pistola hacia el conductor y le disparó, la explosión arrojó al hombre a través de la puerta del pasajero abierta donde colgaba, mitad dentro, mitad fuera del vagón. Cruces se acercó a él y le lanzó tres rondas más.

"¡Cruces!" Dijo Len, agarrando al mexicano por el hombro y haciéndolo girar. Lo golpeó con el revés en la cara, aturdiéndolo. "¡Cruces, basta ya!"

"¿Qué está pasando?", Dijo Channi, acercándose a ellos, estudiando los cadáveres esparcidos por el suelo. "Esto no está bien".

"Todo está bien", dijo Len, sacudiendo a Cruces por el frente de la camisa. "Cruces, ¿me estás escuchando?"

Pasaron unos momentos y otra bofetada antes de que el mexicano emergiera de la pesadilla en la que había caído. Parpadeando, se liberó del agarre de Len y se alejó.

"¿Está enfermo o algo así?" preguntó Channi, cerca ahora de Len.

"Creo que sí. Algo no está bien con él. Quizás fue la herida de bala. No lo sé, pero está actuando realmente extraño".

Cruces encontró otro grupo de rocas y se sentó. Tomándose su tiempo, se desabrochó el cinturón y se bajó los pantalones hasta las rodillas. La herida del muslo estaba bien vendada, pero empapada de sangre aguada y un líquido verde que se veía y olía horriblemente. Con cautela, deshizo el vendaje, liberando la presión de su pierna, lo que le trajo algo de alivio y le permitió examinar la herida hinchada y arrugada más de cerca. Farlow le dijo que lo había arreglado, pero Cruces sabía que la bala todavía estaba allí. Cuando tocó la carne blanca que rezumaba alrededor del agujero, sintió una punzada de dolor. Volvió a mirar a sus compañeros y, en ese momento, tomó una decisión. Tirando el vendaje, se subió los pantalones y regresó a ellos.

"Vamos a abrir la caja", dijo, "y revisen todos los cuerpos, tomando lo que podamos. Pongan todo el dinero en las alforjas".

"¿Y los caballos?" Preguntó Channi.

"Déjenlos ir".

"No tenemos ninguna llave para la caja", dijo Len.

Cruces disparó rápidamente al candado con su arma. "No necesitamos una. ¡Ahora vacíenla y dense prisa!"

Len y Channi intercambiaron una mirada.

"¡Dije que se *dieran prisa*!"

Luchando por hacer lo que le dijeron, Len abrió la tapa de la caja y silbó. Rebuscó en la colección de billetes de dólar, monedas de oro, cartas y rollos de pergamino empaquetados. "Tiene que haber al menos mil aquí", dijo, "¡y tal vez cien monedas de oro!"

"Métanlo todo en sus alforjas. Tenemos que ser rápidos. No me gusta estar aquí al aire libre. ¿Quién sabe quién vendrá?"

"Coltrane se pondrá muy feliz cuando vea esto", dijo Len. "Va a compensar ese trabajo fallido en el banco, darnos a todos un..."

"No vamos a volver con Coltrane".

Tanto Len como Channi se detuvieron en seco. "¿Eh?" Len negó con la cabeza. "¿Qué quieres decir, Cruces?"

"Quiero decir que estamos tomando ese dinero para nosotros. Coltrane es el responsable de lo que pasó en el banco para que pueda irse y pudrirse. Tomamos todo y bajamos a México. Conozco gente allí y podemos descansar, vivir tranquilos y planificar nuestro próximo movimiento".

Los demás se quedaron en silencio, atónitos, las palabras de Cruces resonando como un toque fúnebre.

"¿Pero qué hay de Jonás?" Preguntó Channi en voz baja.

"Nos va a matar", dijo Len.

"Nunca nos encontrará", dijo Cruces, volviendo parte de su antiguo fuego. "Así que montamos y no miramos atrás. Ha llegado nuestro momento, muchachos. Tenemos la oportunidad de hacer las cosas bien, así que vamos".

Recargando su arma, Cruces cojeó hasta su caballo y bajó las alforjas.

Channi negó con la cabeza y miró a su amigo. "¿Crees que esto es correcto, Len?"

"Creo que tiene sentido". Volvió a mirar el alijo dentro de la caja. "Mucho sentido".

CAPÍTULO VEINTIUNO

Alzando una mano, Cole les indicó a los demás que se detuvieran.

"¿Qué es eso?" preguntó Whit, refrenando su montura junto a Cole.

"Un jinete". Señaló una columna de polvo distante que se movía a través de la llanura.

Whit extendió la mano hacia atrás y sacó una larga funda de cuero del interior de su saco de dormir. Se apresuró a desenroscar la tapa y la inclinó. Se deslizó un telescopio de latón, que se llevó al ojo derecho, girando el cañón para enfocar al jinete. "Sí, es como dices. Un solo jinete, pelirrojo y que viene hacia acá". Colapsó el telescopio y lo dejó caer de nuevo en su estuche. "Simpson, ve a interceptarlo, averigua quién es y por qué tiene tanta prisa".

"Sí, señor", dijo Simpson y espoleó a su caballo al galope.

"Es un equipo muy bueno", dijo Cole, señalando con la cabeza el estuche del telescopio, que Whit ya estaba metiendo en el saco de dormir. "Siempre quise uno, pero nunca pude pagarlo".

"Son cosas maravillosas", dijo Whit. "Hecho en Suiza".

"¿Dónde?"

"Un país de Europa. Nunca lo he estado allí. Se lo compré a un asociado que conocí en Kansas City hace unos dos años".

"¿Un asociado?"

Whit se rió entre dientes. "Digamos que no lo necesitará durante al menos diez años".

Se quedaron en silencio y esperaron hasta que Simpson regresó con el recién llegado, un hombre demacrado vestido con ropa elegante y con una espesa mata de cabello rojo.

Bañado en sudor a pesar del frío, los ojos del hombre saltaban de uno a otro, su discurso se aceleraba. "¡Gracias al Señor Todopoderoso, ustedes, buenos caballeros, se cruzaron conmigo! Vengo de mi rancho, uno pequeño pero es mi hogar, y fue allí donde Cathy y un sheriff de Belén trajeron a un joven que sufría terriblemente por una herida de bala, la peor que he visto en mi vida. Creo que va a morir, y es por eso que estoy cabalgando con todas mis fuerzas para buscar a Doc Henson para tratar de curarlo. Pero temo que será demasiado tarde porque..."

"Espera, joven amigo", dijo White con una sonrisa. "Simplemente cálmate. ¿Llevas mucho tiempo cabalgando?"

"No más de unas pocas horas. Mi casa está a poca distancia, y podría mostrártela después de que consigamos el Doc".

"Eso no será necesario", dijo Whit. "El señor Simpson tiene un conocimiento médico considerable". El joven mariscal adjunto se sonrojó y miró hacia otro lado.

"¿Un sheriff estaba con ellos, dices?" Preguntó Cole.

"Sí, señor, de hecho lo era. Proveniente de Belén, tras la pista de los ladrones de bancos es lo que dijo".

"¿Escuchó su nombre?"

"Sí, señor, ya que soy dueño de una tienda en Belén. Tienda de mercadería, que vende todo tipo de... Se detuvo cuando vio la cara de Cole. "Lo siento, estoy divagando... Sheriff Roose, por supuesto. El único sheriff que tenemos".

"Llévanos de regreso al lugar de donde has venido", dijo Cole rápidamente antes de disparar con una mirada. "Tenemos que llegar allí ahora mismo".

"De hecho", dijo Whit. Puso su caballo al trote y pronto los cuatro estaban cruzando la llanura hacia la casa de Grimes, Cole siempre se preguntaba qué iba a encontrar allí.

Lo que encontraron fue una pequeña y destartalada cabaña sin esquinas cuadradas y un techo que estaba en peligro inminente de derrumbe. Pero había algo más. Una atmósfera pesada y deprimida y una mujer sentada en los crujientes escalones del porche, llorando incontrolablemente. Detrás de ella en la puerta, fumando, estaba Sterling Roose, en su camisa a pesar del frío y su rostro sombrío y tenso. Se alivió un poco cuando vio a Cole y a los demás llegar y desmontar.

"Parece que te has metido en un lío, Sterling. Como de costumbre", dijo Cole, cruzando hacia su amigo. Se abrazaron, Cole incapaz de ocultar el alivio de su voz. "Es bueno verte". Dio un paso atrás y vio las líneas de preocupación grabadas tan profundamente en el rostro de su amigo. "¿Dónde está Búho Marrón?"

Roose tragó saliva. "Muerto".

Cole se puso mortalmente pálido. Por un momento perdió la capacidad de hablar. "¿Muerto?"

Roose miró hacia abajo. "Apenas salimos con vida, Cole. Si no hubiera sido por Norton tendido al suelo abriendo fuego para cubrirnos, nos habrían disparado al resto de nosotros, supongo".

Los ojos de Cole se desviaron lentamente y se quedó mirando a la distancia recordando ese día, hace tanto tiempo, cuando había rescatado a su buen amigo Búho

Marrón de una muerte segura. Y cómo esa deuda él la había pagado muchas, muchas veces.

Whit dio un paso al frente. "¿Te escuché decir Norton? ¿Será él quien le disparó al líder de la pandilla?"

Roose asintió. "Y ahora él también se ha ido. Murió hace apenas una hora. ¿Usted está...?"

"Agente federal Damien Whit. Este es mi ayudante, Bradley Simpson. Cuando se ha hecho un intento por incautar el dinero del ferrocarril guardado en un banco seguro, somos agentes del gobierno, con instrucciones de rastrear a los perpetradores y llevarlos ante la justicia".

Roose observó cómo Grimes se acercaba a Cathy y notó la cojera del hombre. Sentándose a su lado y abrazándola, Roose vio lo íntimos que eran. Continuó mirando mientras hablaba. "Bueno, no quedan muchos de ellos, por lo que pude ver. Dispararon a algunos de los lugareños antes de que volvieran su atención hacia nosotros". Se volvió de nuevo hacia el agente federal. "Calculo que eran cuatro o cinco".

"¿Y la ciudad en la que estaban?"

"Yo los llevaré".

Whit gruñó. "Descansaremos un rato hasta que los caballos hayan sido alimentados y dados de beber". Miró hacia el cielo. "Va a nevar".

"Razón de más por la que debemos irnos tan pronto como podamos", dijo Cole. "Así que démosle lo necesario a estos animales y salgamos".

Mientras los agentes de la ley se movían rápidamente, Cathy respiró hondo y se secó las últimas lágrimas con la manga. "Oh, Larry", dijo con voz temblorosa, "¿qué clase de mundo es este en el que todo lo que hacemos es sufrir y trabajar sin una recompensa justa?"

"Supongo que todos vinimos aquí por la promesa de

una nueva vida, Cathy. Una oportunidad para crecer, establecerse, formar una familia".

"Tú no lo has hecho".

"No. No todavía".

"¿Te refieres a Florence Caitlin?" Ella sonrió ante su expresión de asombro. "Larry, todo el mundo sabe cuánto te gusta".

Sacudiendo la cabeza, incapaz de ocultar su vergüenza, Grimes se dio la vuelta. "Todo el mundo, excepto la propia Florence".

"Bueno, tal vez deberías decírselo".

"¿Decirle a ella? Querido Dios, Cathy, ¡no puedo hacer eso!"

Ambos se rieron, pero pronto el rostro de Cathy se arrugó de nuevo. "Empecé a gustar del señor Norton. Sabía que estaba con esa pandilla y todo eso, pero hizo cosas honorables, Larry. Salvó la vida del director del banco y también la nuestra. Él era un buen hombre".

"¿Y esperabas que algo saliera de eso?"

"Hice lo mejor que pude para hacer una vida con Jude, pero él era un sinvergüenza mentiroso y tramposo. Sí, lo lamenté, pero solo porque estaba sola. Cuando el señor Norton entró en mi vida de la forma en que lo hizo, tan inesperado, realmente sentí que el Señor me estaba mirando desde arriba".

"¿Pero ahora no piensas eso?"

"No hay nada seguro en este mundo, Larry. Y ciertamente no aquí afuera. Sí, estaba esa promesa que mencionaste, pero cuando todo sale mal, no hay lugar a donde acudir, nadie quien te pueda ayudar".

"Siempre estoy yo, Cathy".

Frunciendo el ceño, ella lo estudió, su rostro mirando tan incómodo, pero también expectante. ¿Qué quiso decir, se preguntó ella? "Bueno, no somos exactamente vecinos, ¿verdad?"

"No, pero...", de repente se puso de pie, su atención atrapada por los demás desensillando a los caballos, frotándolos y preparándoles la alimentación. "Norton, ¿él...?"

"Él solo dejó de luchar. El veneno le llegó al final. Deberías haberlo visto, como el hilo verde enrollándose a través de su cuerpo. El señor Roose dijo que eso lo había visto antes. Lo llamó gangrena. Dijo una vez que se metía en el cerebro, eso era todo. Norton dejaría de ser humano". Ella se quedó sin aliento y se rompió de nuevo, tan inesperadamente que Grimes se quedó aturdido, incapaz de hacer nada más que mirar.

Después de unos momentos, se sentó de nuevo a su lado, puso su brazo alrededor de ella y la sujetó. Luego, el tendero se convirtió en el hombre que siempre había esperado que él fuera, y aunque su voz se volvió con la incertidumbre, logró sacar las palabras que había deseado decir. "Cathy, si estás dispuesta, entonces podríamos andar juntos por esta vida difícil. Mi tienda está bien y tu sitio, con sus posibilidades de cultivar verduras, tal vez incluso vegetales, entonces podríamos..."

"Larry Grimes", dijo, olfateando en voz alta: "¿Es esta tu idea de una propuesta?"

Sus los ojos inyectados de sangre, con rimer negro, lo miró fijamente y él no pudo evitar acercarse y limpiar sus lágrimas con la parte posterior de su mano. "Supongo que lo es, sí".

Ella dio una pequeña risa. "Oh, Larry, qué hombre tan divertido eres".

"¿Lo soy?" No pudo evitar sentirse lastimado. "¿Así es como me ves, Cathy?"

"No, no", dijo ella, tomando su mano y sosteniéndola, "eso no es lo que quiero decir". Ella sonrió y olfateó de nuevo. "Primero sepultemos al señor Norton, luego le daré a tus palabras algún pensamiento serio".

"¿Lo prometes?"

Otra sonrisa antes de que ella se inclinara hacia delante y besara su mejilla. "Lo prometo".

CAPÍTULO VEINTIDÓS

Estaban en la encrucijada, literal y metafóricamente. El viejo sendero se escurría hacia el sur y, finalmente, México. Tomar una dirección al oeste los llevaría una vez más a Jonás y Coltrane. Más de una vez, Cruces había debatido dentro de sí mismo cómo podía abordar su decisión a los demás. Sabía que eran leales a Jonás, habían montado con él durante años, pero lo que no entendían, lo que no podían entender, era que todo lo que Jonás había planeado, jamás tocado, se había convertido en desastre. El robo del banco casi le costó su vida. Ciertamente le había costado las vidas de demasiada gente. ¿Y Coltrane? Su "información privilegiada" había demostrado ser falsa. No, ahora debían considerarse a sí mismos, lo que fuese mejor para ellos. Tenían el dinero. Suficiente para empezar de nuevo. Expresó sus ideas, y ahora se sentaron los tres, a horcajadas en sus caballos, los ojos fijos en el sendero y la promesa de lo que estaba por delante.

"No estoy seguro", dijo Len por fin. "¿Por qué no volvemos con Jonás, le dices tu plan y lo tomamos desde allí"?

"Estoy de acuerdo", dijo Channi. Doblando una rodilla sobre su pomo de silla, se puso un cigarrillo. "No veo el punto en hacernos enemigos de Jonás. Sabes cómo puede ser".

"Jonás está cerca de la muerte".

"Bueno", continuó Channi, corriendo su lengua a lo largo del borde del papel, "dices eso, pero no lo sabes con seguridad".

"Tengo que decirlo", agregó Len, "la forma en que tu pierna está hinchada, Cruces, diría que estás más cerca de conocer a tu creador que Jonás".

"Sí", rio Channi, admirando su cigarrillo enrollado con un poco de orgullo, "¿quién puede decir, incluso que lograrás llegar a México?".

Cruces explotó en acción. Agarró su arma y sacó el primer disparo antes de que apenas se liberara de la funda. Gritando, Channi se arrojó al suelo, rodando en la tierra, luchando por una cubierta cercana. Len, reaccionando tan rápido como pudo, puso una bala en las tripas de Cruces antes de que él también recibiera una bala del mexicano. Lo alcanzó alto en el hombro, justo al lado de su arteria carótida. Se derrumbó hacia atrás, la sangre bombeaba horriblemente de la terrible herida.

Doble doblado, los cruces se deslizaron de la silla de su caballo aterrorizado, fuera de control, aferrándose a donde la bala de Len lo había golpeado. En sus manos y rodillas, hizo todo lo posible por arrastrarse, disparando a ciegas a donde pensó que Channi podría ser. Pero todos sus tiros fueron desviados. Cuando llegó a un grupo de cactus aterciopelados, que le brindó una cobertura, su arma estaba vacía, y se dio cuenta, con horror, de que no tenía más cartuchos.

Channi, sin embargo, no lo sabía. Observó desesperado mientras los caballos escapaban al galope, pateando y relinchando. Hizo un cálculo rápido y decidió cortar a través del campo para regresar a Haven, decirle a los demás lo que había sucedido, luego regresaría y terminaría con Cruces de una vez por todas.

Disparando a dos balas especulativas hacia el grupo

de cactus, se puso a un trote estable, agradecido por el aire frío. Si esto fuera verano, sabía que estaría muerto de la sed antes de terminar el día.

Esperando hasta que solo el silencio lo envolviese, Cruces se tambaleó. Len se encontraba a unos metros tendido de espaldas, empapado de sangre, con los dedos de su mano izquierda presionando la herida de la bala, pero sus ojos estaban abiertos, mirando al olvido.

Muerto.

Cruces logró dirigirse con incertidumbre a su antiguo amigo. Arrancó la camisa y pañuelo del cuello del hombre muerto. Formó un esparadrapo acolchado, lo presionó con fuerza contra su estómago y se apretó la camisa a su alrededor. Sabía todo sobre las heridas en las tripas, y así, con su mandíbula apretada, se volvió y se puso de la forma en que había venido, en dirección opuesta a la de Channi.

CAPÍTULO VEINTITRÉS

"Es posible que necesitemos ese telescopio suyo nuevamente, federal", dijo Cole, frenando su caballo mientras sus ojos se posaban en el oscuro bulto un poco por delante.

Whit lo hizo, tirando de la respiración mientras giraba el anillo de enfoque. "Es un hombre y está en problemas".

"¿Otro?" dijo Simpson. Su voz sonaba aburrida, como si estuviera resignado a otro retraso en la captura de los ladrones del banco.

Abriendo el telescopio, se volteó hacia su joven alguacil. "No podemos dejar a un hombre morir aquí. Tenemos un deber".

"Él podría ser uno de ellos", dijo Cole. "¿Tal vez una riña, un desacuerdo sobre los planes? Quién sabe, pero un solo hombre que recorra todo el camino a pie hasta aquí es extraño, por decir lo menos. Echémosle un vistazo".

Galopando a través de la extensión del paisaje duro y gradualmente congelado, rodearon al hombre desesperado, quien continuó su máximo esfuerzo para seguir moviéndose a pesar de caer repetidamente.

"Está herido", dijo Simpson. "Deberíamos dejarlo".

Gruñendo, Whit desmontó y se inclinó hacia el

hombre lesionado. Le dio de vuelta suavemente y silbó cuando vio la severidad de la herida del hombre. "Está mal".

"Déjalo", repitió Simpson, girando su mirada hacia la distancia lejana. "Necesitamos llegar a la ciudad y rodearlos".

"¿Qué te está comiendo, Simpson?" Espetó Whit, parándose, levantando la tierra de los pantalones. "¿Tienes algo más que necesitas estar haciendo?"

"En absoluto, señor, pero nos dieron instrucciones de detener a estos hombres y llevarlos ante la justicia, no hacer de niñeras para que recuperaran la salud".

"Está bien", dijo Whit, "ya que está tan decidido a seguir nuestras instrucciones..."

"De hecho lo estoy, señor".

"Bueno, puedes llevar a este hombre a la casa de Larry Grimes y arreglarlo tú mismo".

El rostro de Simpson cayó. "Le ruego que me disculpe, señor"

"No va a llegar a la ciudad con nosotros, y seguro que por nada puede quedarse aquí, así que... Lo llevas a casa de Grimes, lo reparas y nos esperas allí. Luego, cuando regresemos, los escoltaremos a todos de regreso a..."

"Belén", intervino Roose rápidamente. "Ahí es donde se enfrentarán a la justicia".

Gruñendo en voz baja, Whit montó en su caballo y señaló al hombre herido. "Súbelo a su caballo, alguacil, y regrese a casa de Grimes. Son apenas un par de horas, así que debería hacerlo. ¿Qué le parece, sheriff?"

Roose se encogió de hombros. "A un hombre con una herida como esa, le daría un día en el mejor de los casos".

"Bueno, ahí lo tienes", dijo Whit.

"Su pierna también está sangrando", dijo Cole. "Le han disparado para hacerlo pedazos".

"Y es mexicano", dijo Simpson.

"¡Maldita sea tu piel!" Espetó White. "Es un ser humano y haría mejor en recordarlo, alguacil, o revocaré su servicio aquí y ahora".

Aturdido, Simpson vagó sus ojos de un hombre a otro. Todos le devolvieron las miradas, implacables, con severidad. No encontraría aliados allí.

Simpson dejó que sus hombros cayeran, se bajó de la silla de mala gana y ayudó al herido a levantarse. Un par de ojos negros lo miraron profundamente. "Gracias", fue todo lo que dijo.

Cole ayudó al alguacil a subir al hombre al caballo, luego sujetó las riendas mientras Simpson montaba detrás de él. Asintió con la cabeza hacia el explorador y a regañadientes giró su caballo y lo pateó a un trote pesado.

"Hope it's for the best," said Cole and hauled himself into his saddle.

"Si no fuera por usted, Federal", dijo Roose, "le habría puesto una bala en el cerebro después de lo que ha hecho".

"Como sheriff", dijo Whit, "usted debería saberlo mejor".

"También soy un hombre que ha sido gravemente herido. Perdí a algunos buenos hombres por esa banda de alimañas. Ni usted ni nadie más me sermonearán sobre lo que está bien o mal".

"Sterling", dijo Cole pausadamente, "pronto se balanceará en una cuerda, y puedes bailar frente a él si eso te hace sentir mejor".

"¡Al diablo contigo, Cole!"

"Búho Marrón también era mi amigo, no lo olvides".

Inclinándose sobre su silla, Roose carraspeó y escupió en el suelo. "Hagamos esto". Espoleó a su caballo hacia la lejana ciudad de Haven.

CAPÍTULO VEINTICUATRO

Con mucho cuidado, pisando lentamente, plantando cada paso sin hacer ningún ruido, Channi se acercó al caballo nervioso que esperaba delante de él. Palabras tranquilizadoras salieron de su boca, bajas y lentas, "Ahí, ahí, mi amor... Silencio ahora... Está bien... Silencio, ahí está mi amor..." Hasta que, por fin, pudo extender la mano y tomar las riendas. El alivio se le escapó y apretó la cara contra el cuello del caballo, cerró los ojos y casi lloró.

Revisó las alforjas, sintió que se le doblaban las rodillas y tuvo que agarrarse al estribo para no caer. El dinero estaba ahí. Inspiró profundamente varias veces para calmarse, bebió a ratos de la cantimplora que colgaba de la silla, sacó la manta enrollada, se envolvió en ella y se subió al lomo del caballo. Acariciando su cuello, empujó al caballo hacia adelante y se preparó para el viaje de regreso a Haven.

Menos de una hora después, Channi entró en la pequeña ciudad en ruinas e inmediatamente vio a Coltrane de pie en la entrada del Saloon.

"Bueno, bueno", dijo Coltrane, bajando los escalones rotos para sostener el caballo de Channi mientras su amigo desmontaba. "Te tomaste tu buen, dulce momento. ¿Dónde están los otros?"

Los ojos de Channi, enrojecidos por las lágrimas de angustia, según sospechaba Coltrane, apenas podían contener sus propias emociones. "Estuvo mal. Realmente malo". Lo empujó y medio corrió escaleras arriba, atravesando las puertas batientes. Enganchando al caballo y tomando las pesadas alforjas, Coltrane lo siguió lentamente.

Channi estaba en el mostrador, bebiendo de un trago una cerveza que le proporcionó el camarero.

Desde el rincón más alejado, apareció Maisie. Parecía preocupada, lanzando una mirada interrogante hacia Coltrane, quien simplemente se encogió de hombros.

"¿Qué pasó, Channi?"

Todos se volvieron hacia el dueño de la voz.

Jonás, sentado en una mesa repartiéndose cartas, tomó el whisky que tenía frente a él y se lo bebió de una sola vez. "Tráeme otro, Sef".

"¿Por qué no tener la botella?" Dijo Sef.

Una pequeña risa. "Necesito mantenerme sobrio, por ahora". Golpeó el vaso contra la mesa. "¡Ahora, tráeme otro trago!"

Sefton hizo rápidamente lo que le ordenó, sirvió otro whisky en un vaso pequeño y se lo llevó a Jonás, quien lo miró durante unos momentos antes de beberlo en uno. Chasqueándose los labios, se reclinó en su silla. "¿Sorprendido, Channi, de verme tan vivaz?"

Balanceándose de espaldas al mostrador, Channi sostenía el vaso de cerveza en una mano mientras la otra se mantenía cerca de su arma. "Siempre supe que eras duro, Jonás".

"Entonces, ¿dónde están los demás?" Preguntó Coltrane.

Channi bajó la cara. "Muertos. Nunca nos dijiste que

tenían guardias con ellos, Coltrane. Guardias armados. Malditos buenos también, la verdad sea dicha".

"¿La verdad?" Jonás se metió los pulgares en la cintura. "Será mejor que no estés mintiendo, Channi".

"¿Por qué habría de hacer eso? Estoy aquí, ¿no es así?"

"Sí, claro que estás aquí", dijo Coltrane, y dejó las alforjas en la mesa más cercana. "¿Cuánto?"

"Suficiente para prepararnos en el camino de México", dijo Channi. "Esa es nuestra mejor apuesta ahora, supongo".

"¿Es eso así?" dijo Jonás. "Tú tomas todas las decisiones ahora, ¿es eso?"

"No, solo creo que tiene sentido".

"¿Este es tu plan o fue idea de Cruces?"

"Cruces está muerto. Len también. Esos escoltas nos dispararon a todos tan pronto como los atacamos".

"¿Pero lograste hacer lo que se necesitaba?"

Channi apuntó con su vaso de cerveza hacia las alforjas. "¡Eso parece, no es así!"

Riéndose para sí mismo, Jonás volvió a inclinar su silla hacia adelante y se puso de pie. "¿México?" Se acercó a las alforjas y las abrió. Contó cuidadosamente a través de los billetes y las monedas.

"Podríamos usarlo para recuperarnos", dijo Channi, "antes de planear otro trabajo".

"¿Recuperarnos?" Jonás enarcó una ceja. "Esa es una palabra elegante, Channi".

"Significa descansar, lamer nuestras heridas".

"Sé lo que significa". Se apartó de la mesa. "¿Tú qué piensas, Coltrane?"

"Sabes lo que pienso".

"Dínoslo otra vez".

"Que vayamos a California. No pensarán en buscarnos allí".

"California", dijo Channi, riendo a carcajadas. "¿Estás loco? Nos llevará semanas llegar allí. ¿Y qué hacemos entonces? ¿Eh? No, Jonás, tenemos que ir a México. No cruzarán la frontera. Estaremos a salvo".

Frotándose la barbilla, Jonás fue a la barra y miró las pocas botellas que quedaban. "Está bien, Sef, tomaré esa botella de whisky ahora. De hecho, esa de Kentucky lo hará bien".

"Ese *es* el mejor whisky, Jonás".

"No hay discusiones entonces". Sonrió y tomó la botella que le ofrecía. Sacando el tapón, saboreó el aroma y se sirvió un vaso. "Me retiraré para considerar mi veredicto", dijo con una sonrisa y regresó a su mesa y sus cartas.

Coltrane paseo la Mirada desde Channi a Maisie y suspiró.

En uno de los dormitorios donde una vez las chicas del bar habían entretenido a sus clientes, Doc Farlow yacía con los ojos fijos en el techo. Sin embargo, no veía nada, toda su atención se centró en los intercambios de abajo. Entonces, eso fue todo. Coltrane y Maisie partirían hacia California. ¿Cómo había llegado a esto? Cerrando y abriendo los puños, hizo todo lo posible por sentarse erguido, pero su cuerpo le dolía más allá de lo imaginable desde donde los golpes de Maisie lo habían golpeado. Colapsando de nuevo entre las mantas, tragó aire, cerró los ojos y se obligó a quedarse quieto y esperar. Cada minuto que pasaba lo haría más fuerte. Y luego supo lo que haría.

CAPÍTULO VEINTICINCO

El hombre apestaba a sudor y cuero, lo que obligó a Simpson a torcerse la nariz y apartar la cara. Apretujados en el lomo de su caballo, el ayudante se encontró deseando estar de regreso en Kansas City con los pies en alto en una oficina agradable y cálida, tomando café y sin hacer mucho más. En cualquier parte menos aquí. El viento frío mordió profundamente la carne bajo su abrigo. Le dolían las orejas, la nariz y los dedos, aunque envueltos en guantes de cuero, estaban entumecidos.

Esto estaba tan lejos de la promesa que se le hizo cuando se ofreció como voluntario para el servicio menos de seis meses antes. Dijeron que, debido a su carácter sobresaliente y sus notables habilidades con la pistola, pronto se encontraría en un puesto de Washington, entrenando a otros. Todo era una tontería, y se sentía como un tonto por tragarlo todo. Cerrando los ojos, trató de deshacer su mente de imágenes, pensamientos, esperanzas y oraciones, y simplemente permitir que el animal debajo de él siguiera avanzando. Realmente no había otra opción.

Más de una vez, el mexicano herido dio un grito y se deslizó del laborioso caballo, golpeando el suelo con un ruido sordo y doloroso. Cada vez, Simpson maldecía, desmontaba y luchaba por volver a montar al hombre corpulento y voluminoso. Al menos los esfuerzos mantenían a raya el frío. Por unos momentos, al menos.

Cuando llegaron a la casa de Grimes, Simpson estaba exhausto. Anhelaba un baño caliente y una buena noche de sueño, pero sabía que tampoco lo conseguiría.

La señorita Courtauld los saludó mientras subían pesadamente a la cabaña. Ella agarró las riendas mientras Simpson desmontó y luego, junto con el oficial, ayudó a llevar al herido adentro.

Cathy los dirigió a la misma cama donde Norton había exhalado su último suspiro.

Cathy se retorció las manos y dio un paso atrás para considerar al extraño moreno y ensangrentado. "Parece que debería convertir este lugar en un hospital, señor Simpson".

"En efecto, señorita Courtauld. Me disculpo por todo esto, pero lo encontramos en la pradera, y el agente federal Whit insistió en que lo trajera aquí antes de que lo llevaran de regreso a Belén para ser juzgado".

"Bueno, supongo que no hay mucho que podamos hacer excepto ponerlo lo más cómodo posible. Tengo un poco de caldo de pollo en la estufa si quiere".

"Oh, señorita Courtauld, ciertamente lo haría. El frío se ha desarrollado enormemente en las últimas horas".

"Pronto estaremos hasta el cuello en la nieve, Sr. Simpson. Deseo que el señor Roose y Cole puedan regresar antes de que se vuelva intransitable".

"Ellos regresarán, estoy seguro de ello".

"Entonces déjeme traerle ese caldo. ¡Siéntese junto al fuego, señor Simpson, y caliente esos huesos!"

Simpson la vio irse, le dio al mexicano una mirada escrutadora, luego fue a la sala principal donde se sentó en una mecedora junto al fuego, calentándose las palmas frente a las llamas.

Cathy trajo el caldo en una bandeja, lo puso sobre

las rodillas de Simpson y luego se deslizó hacia el pequeño dormitorio. Cuando Simpson trataba de sorber, la escuchó hurgar dentro de la habitación. A su regreso, dijo, sin volver la cabeza: "Creo que es un hombre peligroso, señorita Courtauld, así que tenga cuidado cuando lo atienda".

"Simplemente estaba revisando su herida. Está mal. Mucho peor que la del señor Norton, y mire lo que le pasó". Ella vino y se paró junto al fuego. "Esta es una vida implacable, ¿no lo diría usted, señor Simpson?"

"Yo diría que fue difícil, impredecible y sorprendente... Pero creo que aquellos de nosotros que elegimos vivir en esta tierra podemos sacar provecho de ello".

"Podría tener razón". Ella le sonrió. "Espero que esté en lo cierto".

"Este es un caldo muy bueno, señorita Courtauld".

"Oh, llámeme Cathy, por favor".

Asintiendo, se puso otra cucharada de caldo en la boca. "¿Puedo preguntar dónde está el señor Grimes?"

"En la ciudad, atendiendo su tienda. Tiene una tienda de mercadería, ya sabe. Vende casi todo y tiene éxito. Espero que le vaya mejor".

"Tiene la suerte de haberse establecido en una ciudad próspera, no como muchas de esas ciudades "fantasmas" que se dejan pudrirse en todo el Territorio". Se tragó la última porción de caldo y se sentó, satisfecho. "Vaya, eso estuvo bien. El señor Grimes es un tipo muy afortunado, tengo que decirlo".

Sintiendo que el calor le subía a la cara, Cathy se apartó. "¡Oh, ahora guarde silencio con todo eso!"

Él se rió, le pasó el cuenco vacío y se puso de pie. Se estiró. "Puede que tenga que volver para reunirme con los demás".

"Pero no puedes. ¿Qué pasa con el prisionero?"

Sí, haré lo que pueda por él y luego me quedaré aquí hasta que regrese el señor Grimes. Pero prisionero es una buena descripción de él. No sé exactamente qué ha hecho, o qué tan involucrado ha estado con todos los problemas, pero como dije antes, cualquiera de esa pandilla es un asesino potencial. Puede que tenga que sujetarlo antes de irme. Dado eso, iré a ver cómo está y me aseguraré de que todo esté bien".

Se acercó a la pequeña puerta del dormitorio y la abrió.

Cruces estaba agradecido por lo que habían hecho. Sabía que sin su ayuda ya estaría muerto. Pero también sabía que nunca consentiría en que lo llevaran de regreso a enfrentarse a un juez y un jurado, personas que lo querrían muerto antes de que apenas comenzara la audiencia. Así que escuchó atentamente de qué hablaban el hombre y la mujer, miró alrededor de la habitación y encontró algo que podía usar. En algún lugar del camino, mientras cruzaba la pradera abierta, había perdido su arma y la de Len. De cualquier manera, el destino simplemente no parecía estar de su lado.

Con el viejo bastón nudoso que encontró en la esquina en la mano, logró arrastrarse detrás de la puerta, con calambres de dolor, las vendas apretadas contra sus tripas ya empapadas en sangre. Sabía que no le quedaba mucho más, pero si podía obligar a la mujer a llevarlo a Belén, aún podría haber una oportunidad para él.

Oyó el ruido de una cuchara contra la vajilla y aspiró hondo, agarrando el extremo del bastón con tanta fuerza como pudo.

La puerta se abrió y entró el gran y alto alguacil adjunto, que pareció desconcertado al ver la cama vacía. Era todo lo que Cruces necesitaba. Golpeó con fuerza el bastón en la parte posterior de la cabeza del hombre, tirándolo al suelo. Cruces tiró rápidamente el palo y tomó la pistola del hombre. Levantó la cara y, por un momento, se miraron a los ojos. Pero ahora Cruces tenía el arma. Dio un paso atrás sonriendo y le disparó al oficial en la cabeza sin pensarlo.

Desde la otra habitación llegó el grito desgarrador de la mujer. Cruces quería ir tras ella, pero los esfuerzos le habían costado. Volvió a la cama y se derrumbó en el borde, jadeando, luchando por superar el dolor.

Sabía lo que era, esa única erupción de ladridos desde el dormitorio. Ella gritó, el horror de todo esto era tan abrumador. Esta pesadilla nunca terminaría, lo sabía. Corriendo afuera, corrió hacia el pequeño carruaje. Ahora solo quedaba una cosa por hacer. ¿No le había dicho Jude siempre que en esta tierra no vacilaras en hacer a los demás lo que ellos te harían a ti?

Echó hacia atrás la tapa del asiento, sacó el Henry, se aseguró de que estuviera cargado y entró en la cabaña.

Alertado por el ruido de los zapatos sobre las tablas del suelo, Cruces logró ponerse de pie. La obligaría a llevarlo al Doc en ese lugar infernal al que llamaban Belén. No había elección. Estaba débil, cerca del final, y la única forma en que iba a hacer bien esto, era regresar a Haven, matar a Channi, Jonás y Coltrane y obtener ese dinero, si lo arreglaban bien y como era debido. Después de eso, iría a México y viviría sus días en paz y tranquilidad. Esta vida aquí no contenía nada más que dolor y decepción, y si podía hacer algo para cambiar las cosas, entonces tenía que...

La puerta se abrió de golpe y Cruces se incorporó de un tirón. Ella estaba allí, con los pies ligeramente separados, una mirada como algo de sus peores pesadillas grabada en sus fríos y duros rasgos. Y el arma. La forma en que lo apuntó directamente hacia él. Seguramente ella no lo haría...

. . .

Poco después, Cathy llevó el caballo al carruaje y lo enganchó. Se abrochó el grueso abrigo hasta el cuello y subió a bordo. Dejó al Henry a su lado y condujo al caballo fuera del patio delantero, en dirección a Belén. Larry se alarmaría por lo que había sucedido, pero al menos ahora había terminado. Podrían seguir adelante. Hacer de todo esto algo para olvidar.

Pero incluso mientras avanzaba a trompicones por el duro y desigual terreno, supo que nunca podría olvidar esa expresión en el rostro del mexicano momentos antes de que ella lo destrozara y la primera de muchas lágrimas que luego cayeron por su rostro.

CAPÍTULO VEINTISÉIS

Los cuerpos yacían negros e hinchados en el duro suelo helado. Whit, a pesar de estar acostumbrado a ver cadáveres, se dio la vuelta y vomitó. Roose se quedó en silencio, mirando, y Cole, abriendo la tapa de la caja con su bota, dejó escapar un largo suspiro. "Estos coyotes merecen estar enterrados, Sterling".

La mirada de Roose se posó en la mujer. Vestida con ropas ricamente bordadas, su gorro todavía delicadamente colocado sobre su cabello castaño rojizo rizado, en vida había sido notablemente hermosa. "Creo que tienes razón, Cole".

Cole comprobó el suelo, estudiando las huellas. "Se fueron rápidamente, lo que no me sorprende en absoluto. Sin duda encontraremos el lugar donde discutieron y de donde huyó ese mexicano".

"No tenemos tiempo para eso", dijo Whit, tomando un largo trago de su cantimplora. "Sabemos lo que hicieron, y eso hace que sea más urgente traerlos". Sacudió la cabeza. "No había necesidad de hacerle esto a esta pobre gente. Les daremos un entierro decente más tarde".

"Los buitres estarán terminando lo que ya han comenzado para entonces", dijo Roose. "Lo haremos ahora".

"No tenemos tiempo", dijo Whit. "Por lo que sabemos, ya podrían haber salido limpios".

"Lo dudo", dijo Roose. "Estas alimañas contarán el dinero de este botín antes de partir a cualquier parte. Además, no saben que vamos por ellos".

"No podemos enterrarlos", insistió Whit. "¡No tenemos las herramientas, maldita sea!"

"Entonces los quemamos", dijo Cole. "Los metemos en la diligencia y le prendemos fuego. Es mejor hacerlo de esa manera que dejarlos aquí para que se pudran".

"Eso no es lo cristiano", dijo Whit, presionando los dedos en sus ojos.

"Es lo más decente que se puede hacer, mariscal", dijo Roose.

Asintiendo, Cole miró al cielo. "Nos queda menos de una hora antes de que se haga de noche".

"Eso podría funcionar a nuestro favor", dijo Roose. "Vamos a hacer esto de una vez".

En menos de esa hora de menguante luz del día, la diligencia se vio envuelta en llamas, y los tres se quedaron, sin sombrero, viéndola arder. Whit dijo algunas palabras y luego todos montaron en sus caballos y cabalgaron lentamente hacia Haven.

Al detenerse en las afueras de la ciudad, los tres jinetes se colocaron sus abrigos. El viento helado se estremeció a través de la poca maleza que había. Mientras esperaban, las primeras ráfagas de nieve descendieron del cielo que se oscurecía rápidamente. La noche casi se cernía sobre ellos, y abajo en la pendiente, aparecieron luces en los pocos edificios.

"Será mejor si desmontamos", dijo Cole, estirando la mano para sacar su Winchester de su vaina. Comprobó la carga, luego hizo lo mismo con el Colt de Caballería en su cintura, posicionado como siempre para un tiro cruzado.

"Tomaremos cualquier lado de la calle principal", dijo Roose, bajando de su caballo. "O debería decir, la única calle. Llegas por la parte trasera del Saloon, Cole. Creo que es una apuesta segura que es donde estarán, y puedes eliminarlos mientras intenten escapar".

"Parece que conoces la trama bastante bien", dijo Whit.

"No hay mucho que saber. En realidad, solo hay una calle con un par de pasajes estrechos aquí y allá. Como todavía puede ver, incluso con esta luz débil, la ciudad está en sus últimas etapas. Una vez que hayamos terminado aquí, creo que desaparecerá en el polvo".

"Tengo una tendencia a pensar que eso es lo correcto y apropiado que suceda", dijo Whit. Se bajó de la silla, de donde sacó una escopeta. Lo abrió e introdujo dos cartuchos de una bolsa. Colocando los cartuchos restantes en los bolsillos de su abrigo, acunó el arma en uno de sus brazos.

"Amarraremos los caballos", dijo Roose. "Los mantendremos aquí hasta que todo esté listo".

"Caballeros", dijo Whit, "les recuerdo que estos hombres deben ser detenidos y llevados ante la justicia".

"Veamos cómo va todo", dijo Cole y accionó la palanca del Winchester. Tenía la imagen de los pasajeros asesinados en su mente. Y Búho Marrón. Dejó escapar un suspiro prolongado. "Bajemos muy lento. Este aire frío de la noche amplificará cualquier ruido, así que pisemos con cuidado".

"Estoy en presencia de hombres que a menudo han hecho este tipo de cosas", dijo Whit.

"Demasiado frecuente", dijo Cole.

"A veces", dijo Roose con sentimiento, "no lo suficiente".

La calle estaba en un silencio sepulcral. No llegaba ningún sonido del Saloon, aunque, desde donde se encontraba en el lado opuesto de la calle, Roose podía ver claramente la luz de varias lámparas de aceite a través de la ventana turbia e infestada de mugre y por debajo de las puertas batientes. Estaba bajo el porche de una vieja tienda de productos secos en ruinas, lo que le dio una idea. Suavemente abrió la puerta y entró. Obligado a encender varios fósforos, encontró lo que esperaba que fuera útil. Colocándolo afuera, se colocó en una situación ventajosa, sacó su arma y esperó.

Mientras tanto, Whit, siguiendo el plan que habían elaborado mientras se acercaban a la calle principal, subió al entarimado que conducía al Saloon. Esperó, escuchando cualquier cosa desde el interior. Llegó la tos ocasional, el murmullo de voces, el tintineo de vasos. No podía distinguir cuántas personas había dentro, pero podía arriesgar una suposición. Aunque la pandilla original había sido reducida, sabía que eran hombres despiadados. No estaba dispuesto a correr riesgos. Suavemente echó hacia atrás los martillos gemelos de la escopeta y respiró hondo para calmarse.

En la parte trasera del Saloon, Cole esperaba en las sombras. Cuando estallara el tiroteo, abatiría a cualquiera que saliera corriendo por la puerta sin previo aviso. A menos que fuera Jonás. Para Jonás, la situación era personal.

Roose, con un ojo puesto en Whit, se lio un cigarrillo. Se lo metió entre los labios, donde permaneció apagado. Por ahora.

Whit cerró los ojos. La última vez que disparó su arma con ira fue en un pueblo minero al oeste de Abilene. Las cosas iban mal y los buscadores estaban a punto de perder la paciencia. Les habían vendido una mentira, que el oro estaba allí, y habían comprado fácilmente los derechos mineros de un tipo sin escrúpulos llamado Timothy Bothwell. Bothwell no se encontraba por ninguna parte, pero cuando un grupo de mineros subió al escenario y asesinó al sheriff, que creían que estaba confabulado con Bothwell, los Agentes Federales fueron llamados. La confrontación no duró mucho más de lo que le tomó a Whit para disparar dos rondas de su escopeta, hiriendo a varios mineros. Un tipo cometió el error de ir a por su arma y Whit le disparó en la garganta. Todos se rindieron después de eso.

Hacía tres años y contando. Esperaba no tener que enfrentarse nunca más a tanta violencia. Esas esperanzas ahora estaban desvanecidas.

Whit se quitó el pañuelo y se secó el sudor de la frente. Se lo guardó en el bolsillo, atravesó las puertas de una patada y apagó la primera lámpara de un disparo, luego disparó a una segunda gran lámpara de aceite, lanzando lluvias de cristal. Los que estaban dentro se pusieron de pie de un salto, una mujer gritó y Whit sacó su revólver y disparó a otra lámpara al final de la barra. Una quedaba, pero no tuvo tiempo de hacer nada al respecto. El sobresalto inicial ya había desaparecido y estaban apareciendo armas. Antes de que las balas comenzaran a volar, se sumergió y se estrelló contra la pared.

Todo se volvió muy confuso después de eso.

CAPÍTULO VEINTISIETE

Actuando rápidamente, Jonás volcó la mesa en la que había estado bebiendo y disparó varios tiros hacia las puertas batientes que se cerraban. Gritó: "¡Channi, ve a echar un vistazo afuera!"

"De ninguna manera", dijo Channi, boca abajo, avanzando hacia un rincón más alejado. La única lámpara de aceite restante le dio suficiente luz para que encontrara un camino hacia el escondite elegido.

"¡Solo echa un vistazo debajo de la puerta, maldita sea!"

Rodando sobre su espalda, Channi miró hacia el techo. Cerró los ojos y contó hasta seis. Habría contado más, pero nunca pudo recordar lo que vino después. Rodó de nuevo, tres veces más, acercándose a la entrada del Saloon. Girando la cabeza, entrecerró los ojos debajo del espacio debajo de las puertas.

Había un hombre en el lado opuesto de la calle fumando un cigarrillo. ¡Qué idiota! Debe estar muy seguro de sí mismo, pensó Channi con algo de humor. Bueno, este no será su día. "Lo veo", siseó.

"¿Puedes dispararle?"

"No desde aquí".

"Jonás", dijo Coltrane desde la penumbra. "Llevaré a Maisie arriba".

"¡Protegerás tu propia piel, quieres decir!"

"No, no, lo juro. Voy a..."

"Tengo un Winchester allí", dijo Maisie. "Podemos disparar a la calle desde la ventana del dormitorio".

"Está muy oscuro".

"No si vemos el destello de sus armas", dijo Coltrane rápidamente, agarró a Maisie de la mano y corrió hacia las escaleras. Hizo crujir sus espinillas en la silla ocasional mientras se alejaba, pero nada lo detendría.

Jonás los vio ascender a través de la penumbra. Si hubiera un Winchester, eso les daría una ventaja, así que esperó, manteniendo la respiración tranquila, sabiendo que esto no era parte de su plan general. Quienquiera que fueran estas personas, iban a pagar por enfrentarse a Jonás de esta manera. "¡Dispárale, Channi!"

"No estoy dentro del alcance. Pero sin luz, podría acercarme. No me verá salir".

Se sentó y disparó en pedazos la última lámpara de aceite que quedaba. Parte del aceite se incendió. Maldiciendo, Sefton, el tabernero, salió corriendo de detrás del mostrador y, usando un par de toallas de bar y un vaso de cerveza espumosa, aplastó rápidamente las llamas.

Un manto de humo acre flotaba por el tranquilo Saloon, ahora sumergido en una virtual oscuridad. La poca luz que quedaba procedente del cielo gris pálido del exterior resultó demasiado débil para filtrarse en la habitación.

Channi aprovechó su oportunidad. Se puso de pie de un salto, atravesó las puertas batientes, con el revólver justo delante de él, y disparó ronda tras ronda contra la figura que estaba debajo del porche. Después del tercer disparo, el sonido de cristales rotos resonó en el silencio, pero no dejó de disparar.

Perplejo, a una media docena de pasos de donde creía haber visto a la figura fumando un cigarrillo con arrogancia, se detuvo, expulsando cartuchos. Un sonido detrás de él hizo que se volviera.

Allí, negro contra el edificio de la taberna, estaba un hombre alto con levita, su insignia de Agente Federal brillando apagada en la penumbra, un halo de copos de nieve revoloteando que le daban una apariencia casi fantasmal. En sus manos sostenía una escopeta. Echó hacia atrás los martillos. "Suelta el arma".

Con la boca abierta, Channi no sabía qué hacer. Volvió a mirar al porche. ¿Dónde estaba la figura? ¿Qué le había pasado?

Entonces, la vio.

La figura.

Colocado ligeramente opuesto a donde Channi pensaba que estaba, el hombre salió a la calle, todavía fumando. A medida que se acercaba, sus botas aplastaron el vidrio de espejos en el suelo helado. Se reía.

Channi miró de la figura a su arma vacía y gimió.

Perdido en la oscuridad, Jonás decidió que solo le quedaba una opción: huir.

Tanteando por la habitación, esperando que su memoria le sirviera bien, se las arregló para encontrar la mesa y las alforjas. Se las echó por encima del hombro y, con una mano extendida y la otra sosteniendo su arma, se dirigió hacia la parte trasera. Tenía que haber una entrada trasera, entonces sería un simple caso de correr hacia la librea, encontrar su caballo y escapar.

Iba a tomar algún tiempo, y más de una vez perdió la ruta de escape. Luchando por mantener bien controlada la amenaza de pánico, encontró la pared del fondo y la arrastró centímetro a centímetro doloroso.

Debajo de las escaleras, encontró una puerta y entró.

Un espacio pequeño y sin aire, este tenía que ser el camino.

Chocó contra una colección de lo que parecían cubos u ollas de metal y se cayó, haciendo que las alforjas resbalaran por el suelo. Esta no era una salida y maldijo en voz alta, casi perdiendo el control. Se sentó y se tragó su rabia y falta de suerte, pensando qué hacer y adónde ir.

Desde el dormitorio en el que habían pasado tantos tiernos momentos, Maisie metió la mano debajo de la cama y sacó el Winchester. Mientras tanto, Coltrane encendió una cerilla en la pequeña lámpara de aceite junto a la cama y suspiró aliviado cuando la enfermiza luz amarilla se abrió para dar un respiro por la oscuridad que todo lo consumía.

Acercándose, Coltrane colocó una mano suavemente sobre su hombro. Manteniendo la voz baja, dijo: "No tenemos que hacer esto".

"¿Qué quieres decir?"

Él señaló con la cabeza hacia el Winchester en sus manos. "No tenemos que dispararle a nadie. Podemos conseguir el dinero e irnos como dijimos. Llegar a California, comenzar una nueva vida. Tú y yo".

"¿Y Jonás? ¿Crees que nos va a dejar hacer eso?"

"Podemos tomar las escaleras traseras, y antes de que alguien se dé cuenta, estaremos en camino".

Suspirando, se sentó a su lado. "Jonás no se va a entregar. Intentará dispararles. Si tenemos suerte, lo matarán".

"O él los matará, sean quienes sean".

"Para cuando el tiroteo haya cesado, ya nos habremos ido". Señaló de nuevo hacia el Winchester. "¿Eres buena con esa cosa?"

Una pequeña risa. "Mejor que la mayoría. He tenido que vivir muchos años cuidándome bien".

"¿Y alguna vez le has disparado a alguien con eso?"

"Una vez. Hace unos años, el vaquero golpeaba a una

de las chicas. Malo. Realmente malo. Tomé este rifle, me incliné sobre el balcón y lo maté a tiros".

"Querido Dios".

"¿Qué pasa? ¿Crees que porque soy una mujer débil e indefensa no soy capaz?"

"Maisie, creo que eres más que capaz". Volvió la mirada hacia la ventana.

"¿Qué tal si te inclinas sobre el balcón de nuevo, solo que esta vez le disparas a Jonás?"

"¿Estás loco? ¿Y si fallo? En la oscuridad del bar, es más que probable. ¿Y luego qué? Él estará empeñado en matarnos después de eso".

Frotándose la cara, Coltrane se puso de pie y caminó por la habitación. "Está bien, entonces tenemos que tomar las escaleras traseras. Si viene por nosotros, intenta dispararle entonces. Tenemos pocas opciones. Si sobrevive, es más que probable que estemos muertos, y si no lo hace, tenemos una probabilidad bastante igualada de salir vivos de esto".

"Esas no son buenas probabilidades".

"Son todo lo que tenemos".

Se miraron a los ojos y tomaron una decisión.

CAPÍTULO VEINTIOCHO

Los corazones latían dentro de pechos constreñidos.

El horror de los tiroteos. La promesa de una muerte casi segura.

Ese miedo tuerce las mentes, se apodera de los músculos, hace que la vida parezca momentánea, fugaz. No hay tiempo para preguntarse qué podría haber sido, todos esos sueños perdidos, oportunidades perdidas. No hay tiempo para nada más que pensar en la supervivencia.

De cualquier forma posible.

Channi lo intentó.

Se volvió, con la esperanza de poner el pie izquierdo al hombre frente a él. Si pudiera ganar algo de distancia, podría recargar su arma, disparar, escapar.

Pero su mente estaba nublada. El instinto de vivir.

Giró sobre sus talones, y el otro, el de la escopeta, le asestó un terrible golpe en el costado de la cabeza con la culata, tirándolo al suelo, perdiendo el sentido.

No estaba del todo inconsciente. Le llegaban voces, revueltas, como lenguas. Recordó a su antiguo predicador explicando lenguas. Sin embargo, nunca explicó cómo contar. Viejo predicador inútil.

Unas manos lo agarraban, lo arrastraban por el suelo, las piedras expuestas le mordían la carne. Tan duro, tan frío. Entonces lo levantaron.

Demasiado frio.

El viento traqueteaba a través de las tablas deformadas y retorcidas de los edificios derruidos. Deseó estar en cualquier otro lugar menos aquí. Si tan solo hubiera hecho su propio camino hacia el sur.

Si tan solo.

Channi torció el cuello, trató de concentrarse y reconocer los rostros de quienes lo atacaban, destrozando su futuro. Su vida.

Un segundo golpe más fuerte se estrelló en sus entrañas y pensó que estaría enfermo antes de que todo desapareciera en un interminable agujero negro en espiral.

Jonás lo intentó.

Maldiciendo, se las arregló para encontrar las alforjas antes de abrir la puerta de la pequeña habitación y hacer su camino de regreso al Saloon.

"¿Sefton? Sefton, ¿estás ahí?"

"¿Jonás? ¿Eres tú? No puedo ver nada".

"¿Dónde estás?"

"Detrás de la barra, y no voy a salir, no quiero que me disparen por accidente. ¿Quiénes son esos hombres que están afuera?"

"Me gana, cazarrecompensas o agentes de la ley, no importa, están dispuestos a matarnos. ¿Dónde está la salida trasera hacia la calle?"

"Aquí, detrás del mostrador. Pero si sales, te matarán a tiros".

"No. Están demasiado ocupados con Channi. Tienes una escopeta detrás, ¿no?"

"Sí, pero no soy tan bueno".

"No es necesario".

Jonás se abrió camino a tientas detrás de la barra. Sus ojos estaban ahora mucho más acostumbrados a la penumbra y vio la cortina drapeada y la promesa de una habitación trasera. "¿Es a través de esta cortina de aquí?"

"Justo a través de ella. También están las escaleras traseras".

"Todo bien. Pon dos rondas a través de las puertas principales tan pronto como te grite".

"Diablos, Jonás, no sé si pueda..."

"¡Hazlo, Sefton!" y sin otra palabra, atravesó la cortina.

Maisie lo intentó.

Sabía que las palabras de Coltrane tenían sentido, pero también sabía que nada de esto terminaría hasta que quienes los perseguían estuvieran muertos.

Ella tenía planes.

Ella tenía sueños.

Toda su vida había hecho lo que otros querían. Hombres en su mayoría. Creía que el Doc ofrecía seguridad. Ella creía que él era rico. Le prometió que se la llevaría a la vida mejor que siempre había querido.

Pero el mintió.

Todos mintieron.

Acariciando el Winchester, sonrió a Coltrane. "Voy a hacer las cosas bien. Me aseguraré de que nunca más tengamos que vivir con miedo".

Ella se levantó. Coltrane extendió la mano para agarrar su falda, pero ella se liberó, montó el Winchester y se acercó a la ventana.

Doc Farlow lo intentó.

Trató de salir de su cama.

Se sentó jadeando, sujetándose el costado, esperando que las oleadas de dolor se desvanecieran. Apenas lo hicieron. De debajo de la almohada, sacó la vieja Colt Navy, la única arma que había tenido. La que llevaba enfundada hasta la cadera durante sus años como médico del Ejército durante la Guerra. Nunca la había disparado, pero siempre la mantenía meticulosamente limpia sabiendo que algún día la necesitaría.

Ese día había llegado.

Se estabilizó, respiró hondo y se puso de pie, aspirando aire mientras el dolor le atravesaba el cuerpo. Demasiado mayor para algo como esto, se reprendió a sí mismo. Déjalo ir.

Pero sabía que no podía y, con un paso vacilante, se acercó a la puerta.

Channi colgó del agarre del hombre. No había ningún otro lugar a donde ir, nada más que hacer.

Jonás pasó la mano por la manija de la puerta. Levantó la cabeza para gritarle a Sefton.

Maisie levantó la ventana y, arrodillándose, apoyó el cañón del Winchester en el borde inferior. La noche estaba negra. Vio formas. Ella apuntó.

Doc Farlow subió al rellano y se detuvo para recuperar fuerzas. Inclinado, una mano presionada contra la pared, respirando entrecortadamente. Se tomó su tiempo.

Pronto. Un esfuerzo más. Monumental o no, no podía vivir con la vergüenza, la ignominia. No había elección.

Todo vino a esto.

CAPÍTULO VEINTINUEVE

Desde donde estaba, Roose escuchó una voz desde el interior del Saloon que gritaba: "¡Ahora, Sefton!" justo cuando una bala al rojo vivo se disparó inofensivamente por encima de su cabeza. Reaccionando rápidamente, colocó a Channi frente a él justo a tiempo cuando una segunda bala golpeó el pecho del ladrón de bancos. Sosteniendo al hombre herido en posición vertical y usándolo como escudo, Roose disparó tres rondas hacia la ventana de arriba desde donde se hicieron los disparos y, empujando a Channi a un lado, corrió hacia las puertas del Saloon.

A media docena de pasos de hacerlo, las puertas explotaron en una lluvia de madera astillada, lo que hizo que Roose se arrojara de lado. Rodando fuera de peligro, miró hacia arriba para ver a Whit atravesando lo que quedaba de las puertas. Juró, se puso de pie y corrió tras el agente federal.

Había un hombre detrás del mostrador, haciendo todo lo posible para recargar la escopeta. Whit no tuvo tiempo para debatir y le vació los dos cañones de su escopeta. La extensión golpeó la encimera, enviando una lluvia de astillas de madera afiladas directamente al cuerpo del hombre. Estaba gritando cuando cayó. Whit abrió su arma y recargó febrilmente.

Coltrane la estaba arrastrando desde la ventana. "Por el amor de Dios, Maisie, ¿quieres que nos maten a los dos?"

"Estoy bien", dijo ella, apartando su mano y accionando la palanca. "Le di a uno de ellos. Creo que el otro ha entrado".

Una escopeta resonó desde abajo. Luego, segundos después, otra explosión gemela. Coltrane la miró, incapaz de darse cuenta de lo que estaba sucediendo. "¡Vamos a morir, Maisie!"

"Hombre arriba", escupió y se puso de pie.

La puerta del dormitorio se abrió de golpe.

Farlow estaba en la puerta abierta, respirando con dificultad y con el rostro cubierto de sudor. Una sonrisa maníaca le partió el rostro. "Nos vemos en el infierno", dijo.

Estupefactos, ni Coltrane ni Maisie tuvieron tiempo de reaccionar antes de que Doc Farlow les disparara a ambos.

Jonás salió tambaleándose, el aire frío de la noche casi le quitó el aliento. No llevaba abrigo, pero esos lujos estaban más allá de sus posibilidades. La noche lo envolvía y, por un momento, luchó por orientarse. Un repentino arco de luz trajo algo de alivio a la oscuridad, pero solo brevemente. Una lámpara de aceite, lanzada por el aire, golpeó el suelo y se abrió de golpe, el aceite encendiendo. Detrás del resplandor naranja, Jonás vio el contorno de un hombre.

"Esto es por Búho Marrón", dijo una voz.

Jonás, sin saber quién podría ser Búho Marrón, reaccionó de la única forma que sabía. Uno de ellos debió haber logrado esconderse detrás, esperando para tenderle una emboscada. Bueno, ese fue su error. Jonás se zambulló completamente a su derecha, levantó su arma de seis tiros ya desenfundada y armó el martillo.

Desafortunadamente para Jonás, no tenía una idea real de dónde estaba su atacante y los disparos se volvieron abiertos y salvajes. Resoplando, se puso de pie, moviendo la cabeza de lado a lado. "¿Dónde demonios estás?"

Cole, que sabía exactamente dónde estaba Jonás, suspiró: "Date la vuelta".

Jonás así lo hizo. Le temblaban las manos, la boca abierta de par en par, la voz temblaba de terror, "Quién..."

"Mataste a mi amigo. Ahora vas a pagar".

"¿Amigo? Señor, no sé a quién se refiere, pero le juro que..."

"El explorador indio. De nombre Búho Marrón".

El comienzo de algo, un recuerdo, una realización, revuelto desde dentro. Alzó una mano: "Oye, espera un momento, yo..."

Cole le disparó dos balas, las balas pesadas arrojaron al hombre hacia atrás. Cayó al suelo, retorciéndose. Cole se acercó, miró a los aterrorizados ojos del moribundo y le metió una tercera ronda en la cabeza.

Con un largo suspiro, Cole expulsó las balas gastadas, recargó y enfundó su Colt. Dio un giro y se alejó. Por un momento se permitió un breve recuerdo de su compañero explorador, Búho Marrón, para invadir sus pensamientos. Murmuró: "Hasta luego, viejo amigo", y atravesó la entrada trasera del Saloon.

Detrás de la cortina, tomó la lámpara de gas que estaba precariamente balanceada sobre una mesa de preparación de lados abombados y entró en el Saloon.

A pesar de la turbidez, evaluó la situación con bastante rapidez. Vio a Whit cerrando su escopeta. Intercambiaron una mirada. "¿Eres tú, Cole?"

"Espero por tu bien que lo sea".

El agente federal se rió y fue a dar un paso adelante. Una bala lo golpeó en el bíceps izquierdo, lo hizo girar y finalmente lo dejó de rodillas, la escopeta se cayó de los dedos entumecidos.

Varias balas más golpearon el suelo de madera a su alrededor. Cole se volvió y vio una figura pequeña y acurrucada que bajaba los peldaños de uno en uno y le disparó, arrojándolo hacia atrás contra los escalones. Su arma de fuego cayó al suelo con estrépito. Sosteniendo la lámpara de aceite en alto, Cole fue a ver cómo estaba. El viejo tonto, porque en verdad era viejo, yacía con los ojos bien abiertos, muerto de piedra.

Roose se estrelló contra las puertas batientes rotas, con el arma en la mano, girando la cabeza hacia la izquierda y hacia la derecha, haciendo todo lo posible por concentrarse un poco en lo que estaba ocurriendo.

"Espera, Sterling", dijo Cole, y dejó la lámpara de aceite en la encimera. "Tenemos otro herido ambulante que atender".

Whit gimió, se dio la vuelta y se sentó allí, con la mano derecha apoyada contra su brazo izquierdo, la sangre goteando entre sus dedos. Parecía como si hubiera envejecido diez años.

"¿Significa esto que no habrá un ahorcamiento?" preguntó Roose.

"Eso parece", dijo Cole y enfundó su arma.

"Ahí está el tipo que descubriste en la pradera", dijo Whit, cabeza gacha, sufriendo.

"Ah, bien", dijo Cole, "no me gustaría que la fiesta se hubiera estropeado por completo". Luego, sacudiendo la cabeza, dio la vuelta al mostrador, pasó por encima del cadáver en ruinas de un hombre que yacía allí y bajó una botella de whisky del estante.

"¿Estás celebrando?" preguntó Roose.

"Algo así", dijo Cole, se quitó el pañuelo y lo empapó en whisky. Rodeando el mostrador de nuevo, se acercó a Whit y sonrió. "Esto va a doler, alguacil", y lo apretó con fuerza contra el brazo del hombre.

CAPÍTULO TREINTA

"No podemos hacer eso", dijo Larry Grimes, sentado en la trastienda de su negocio con Cathy a su lado. "¡Es inmoral!"

"Realmente ya no me importa lo que sea, Larry. Ninguno de los dos ha tenido una buena mano en esta vida, es decir, no hasta ahora. Así que usaremos ese dinero, derribaremos esa vieja casa suya y emplearemos a algunos constructores *reales* para hacernos un nuevo hogar, ¡y uno que sea más grande!"

Pero, Cathy, ¿no crees que deberíamos...?

"¿Qué? ¿Devolverlo?" Larry asintió. "Bueno, no, no creo que lo hagamos. He pensado mucho en esto, Larry, desde que el Sr. Norton me habló del dinero. Al principio era como tú, pero creo que tenemos tanto derecho a la felicidad como cualquier otra persona. Además, era lo que quería el señor Norton".

Era tarde. Cathy le había contado toda la historia de lo ocurrido con Simpson y Cruces, del asesinato y de cómo no quería volver a poner un pie en esa cabaña nunca más. Larry escuchó y supo que ella no debía ser disuadida. Cuanto más pensaba, más a regañadientes llegaba a estar de acuerdo con ella. Era un plan maravilloso, y estuvo de acuerdo de todo corazón.

. . .

Pasaron la noche en el hotel local, en habitaciones separadas, y a la mañana siguiente, sobre la mesa del desayuno, Larry anunció que había enviado a Kansas City por un anillo de diamantes, para hacer oficial su compromiso. Cathy rompió a llorar, pero por primera vez desde que tenía uso de razón, fueron lágrimas de felicidad.

Hacia media tarde, con Larry una vez más detrás del mostrador de su tienda, Cathy recibió las felicitaciones de Florence Caitlin con mucho sonrojo. Mientras ambas estaban de pie intercambiando historias sobre Larry y su reputación algo dudosa, Cole y Roose cabalgaron hacia la ciudad, con Whit detrás de ellos con el rostro pálido. Los acompañaba una larga fila de caballos, con los cuerpos a la espalda. Cathy ya estaba bajando los escalones mientras Roose detuvo su caballo.

"Oh, señor Roose", dijo, "¿qué pasó en el nombre del cielo?"

"Nada con lo que el cielo tenga algo que ver. Necesito saber dónde está su médico, señorita Courtauld, para que podamos cuidar a este buen hombre. Es duro como una vieja mula, pero ha perdido mucha sangre".

"Yo se lo mostraré", dijo Florence, bajando los escalones.

Roose se quitó el sombrero y sonrió: "Gracias, señorita".

"Me llamo Florence Caitlin, como bien debería saber, sheriff".

"No tiene mucho interés en asociarse con mujeres bonitas", dijo Cole a unos metros de distancia.

"Esa es la verdad", dijo Roose. "Estoy algo ocupado, como podría decirse".

Florence lo miró y se acercó a Cole. "Le mostraré a usted dónde está la casa de Doc Henson".

"Gracias por su amabilidad", dijo Cole, le guiñó un

ojo a Roose y se dirigió con Whit hacia el lugar que Florence los guio.

Roose miró a Cathy y puso mala cara, haciendo un gesto hacia la hilera de caballos detrás de él y su cargamento de cadáveres. Arrugó la nariz. "Están algo maduros, señorita Courtauld".

"¿No es así?", Dijo, presionando un pañuelo contra su nariz.

Los entregaré a la funeraria, luego tendré que ir a hablar con usted. Tenemos algunos cabos sueltos que atar".

Ella lo vio irse mientras Larry bajaba los escalones para unirse a ella. "¿Qué quiso decir con eso?"

"No estoy segura"

"¿El dinero? Él lo sabe, ¿no es así? Querido Dios, Cathy, vamos a terminar en serios problemas después de esto".

"No, no estaremos en problemas, Larry Grimes, a menos que abras tu gran boca".

"No lo haré, te lo juro".

"Bueno, está bien entonces", y ella lo empujó y entró en la tienda.

"Así que eso es todo", dijo Roose algún tiempo después, mirándola desde el otro lado de la mesa.

"Cada detalle".

"¿Usted le disparó?"

"Lo hice. Y lo volvería a hacer si tuviera que hacerlo".

"*¡Cathy!*" estalló Larry.

Roose levantó la mano. "No te enojes, Larry. Lo hecho, hecho está".

Larry lo miró boquiabierto. "¿Quieres decir que no habrá ningún cargo?"

Roose se levantó el sombrero y se puso de pie. "Bueno, desde donde estoy parado, no puedo decir que se haya hecho mucho mal. Un caso de autodefensa es como yo lo diría". Se ajustó el sombrero en la cabeza y sonrió. "¿Cuánto crees que se llevó del banco ese joven al que ayudaste?"

La cara de Cathy decayó y, a su lado, Larry gritó.

"¿Y bien?"

Cathy y Larry intercambiaron una mirada. Dejando caer la cabeza y la voz, Cathy dijo: "Diez mil dólares".

Hubo una larga pausa antes de que Roose dijera: "Has perdido mucho. Las cosas tienen una forma de anochecer en la vida, así lo veo yo". Su rostro se levantó, con los ojos muy abiertos por la incredulidad. "¿Y creo que las felicitaciones están en orden?"

Cathy jadeó. "¿Cómo lo supo?"

"Es mi deber saberlo, señorita Courtauld".

"Cathy".

Sonrió de nuevo y se fue.

Roose no tardó mucho en bajar hasta el banco. Cole lo estaba esperando afuera y le entregó el telegrama mientras subía las escaleras.

"¿Cómo está Whit?"

"Lo logrará. Jim Riley de la oficina de telégrafos le entregó esto".

"¿Lo leíste?"

Whit me pidió que lo hiciera.

Gruñendo, Roose leyó las palabras y suspiró. "Como sospechábamos".

"Lister trató de desfalcar al ferrocarril con veinticinco mil dólares", dijo Cole. "No puedo culparlo por intentarlo".

"El hombre es una comadreja".

"¿En cuánto tiempo llegará?"

Roose se encogió de hombros. "Depende del ferrocarril, pero no más de seis meses. Sin embargo, perderá su trabajo, lo que probablemente sea más que un castigo".

"El crimen nunca paga".

Sonriendo, Roose se volvió hacia la tienda de Larry Grimes y suspiró. "Casi nunca", dijo, y con eso, atravesó la puerta del banco, seguido de cerca por Cole, para arrestar al Sr. Lister, el gerente del banco.

Fin.

Querido lector,

Esperamos que hayas disfrutado leyendo *Nadie Podrá Ocultarse*. Tómese un momento para dejar una reseña, incluso si es breve. Tu opinión es importante para nosotros.

Atentamente,

Stuart G. Yates y el equipo de Next Chapter

También podría gustarte:

Asesinado Por Cuervos por Stuart G. Yates

También podría gustarte:

Asesinado Por Cuervos por Stuart G. Yates

Nadie Podrá Ocultarse
ISBN: 978-4-86752-383-4
Edición en rústica

Publicado por
Next Chapter
1-60-20 Minami-Otsuka
170-0005 Toshima-Ku, Tokyo
+818035793528

27 Julio 2021

9 784867 523834